U0525597

听风的歌

[日] 村上春树 —— 著
赖明珠 —— 译

上海译文出版社

KAZE NO UTA O KIKE
by Haruki Murakami
Copyright © 1979 Harukimurakami Archival Labyrinth
All rights reserved.
Originally published in Japan by Kodansha Ltd., Tokyo.
Chinese (in simplified character only) translation rights arranged with
Harukimurakami Archival Labyrinth, Japan
through THE SAKAI AGENCY and BARDON CHINESE CRATIVE AGENCY LIMITED.

本书中译本由时报文化出版企业股份有限公司委任英商安德鲁纳伯格联合国际有限公司代理授权

图字：09-2022-0997号

图书在版编目（CIP）数据

听风的歌／（日）村上春树著；赖明珠译． —上海：
上海译文出版社，2023.10
ISBN 978-7-5327-9359-4

Ⅰ.①听… Ⅱ.①村… ②赖… Ⅲ.①长篇小说—日本—现代 Ⅳ.①I313.45

中国国家版本馆CIP数据核字（2023）第160360号

听风的歌
[日] 村上春树/著　赖明珠/译
总策划/冯涛　责任编辑/吴洁静　装帧设计/柴昊洲　封面插画/Cici Suen

上海译文出版社有限公司出版、发行
网址：www.yiwen.com.cn
201101 上海市闵行区号景路159弄B座
山东韵杰文化科技有限公司印刷

开本890×1240　1/32　印张4.5　插页5　字数40,000
2023年11月第1版　2023年11月第1次印刷
印数：00,001—20,000册

ISBN 978-7-5327-9359-4/I・5842
定价：58.00元

本书中文简体字专有出版权归本社独家所有，非经本社同意不得转载、摘编或复制
如有质量问题，请与承印厂质量科联系. T：0533-8510898

1

"所谓完美的文章并不存在,就像完全的绝望不存在一样。"

当我还是大学生的时候,一位偶然认识的作家这样对我说。虽然能够理解那真正的含意,是在很久以后,不过至少把它当作某种安慰倒是可能的。所谓完美的文章并不存在,这回事。

但,虽然如此,每次要写点什么的时候,还是会被绝望的气氛所侵袭。因为我能够写的领域实在太有限了。例如,假定关于象我能写点什么的话,也许关于驯象师就什么也写不出来,就是这么回事。

8年之间,我一直这样左右为难。——8年,一段漫长的岁月。

当然,只要能够继续采取一种从任何事物都能学到一点东西的姿态的话,衰老或许并不怎么痛苦。这是一般论。

自从刚过20岁不久开始,我就一直努力采取这种生活方式。因此承受了别人给我的无数次重大打击、欺骗、误解,同时也经历了许多不可思议的体验。各式各样的人跑来告诉我事情,正如走过一座桥一样,发出声音从我身上通过,而且从此不再回来。我在那期间,一直紧闭着嘴巴,什么也没说。就在这种情况下我迎接了20多岁的最后一年。

现在,我想说了。

当然问题依然一个也没解决,说完以后或许事态仍然完全相同。毕竟,写文章并不是自我疗愈的手段,只不过是对自我疗愈所做的微小尝试而已。

但是,要说得坦白真诚,却非常困难,我越想说实话,正确的语言就越沉到黑暗深处去。

我并不想辩解。至少在这里所说的,是现在的我的最佳状态。不需要附加什么。虽然如此,我还是这样想:如果顺利的话,很久以后,几年或几十年后,可以发现得救的自己。而且那时候,大象回到平原去,我则用更美好的语言开始述说这个世界。

*

关于文章我大多是跟戴立克·哈德费尔学的。或许应该说几乎全部。不幸的是哈德费尔自己在各方面来说,都是一个没有成就的作家。只要读了就知道。文章难读、故事杂乱、主题稚拙。不过虽然如此,他毕竟还是能以文章为武器战斗的少数非凡作家之一。我想即使和海明威、菲茨杰拉德等他同时代的作家为伍,哈德费尔的那种战斗姿势也绝不落后。唯一遗憾的是哈德费尔直到最后都无法明确掌握自己战斗对象的形象。结果所谓的没有成就,就是指这点。

8年2个月[①],他继续着那没有成就的徒然战斗,然后死去。1938年6月的某个晴朗的星期天早晨,他右手抱着希特勒的肖像,左手撑着伞,从帝国大厦的屋顶跳下。正如他活着的时候一样,他的死也没造成什么不得了的话题。

我偶然得到第一本哈德费尔已经绝版的书,是在大腿间得了非常严重的皮肤病的初三暑假。给我那本书的叔叔,三年后得了肠癌,全身变得支离破碎,身体的入口和出口插满了塑料管,就那样一直痛苦到死。最后见到他的时候,他已经像一只狡猾的猴子一样,焦焦红红的缩成一小团。

*

我一共有三个叔叔,一个死在上海郊外。战争结束的两天后,踩到

[①] 编者注:本书日语原文使用了大量的阿拉伯数字,有些不仅不符合中文的语言习惯,就算是在日语语境下也略显怪异,有一种作者"刻意为之"的感觉,考虑到这或是作者对下文所提到的怪癖——"把一切换算成数值"——的印证,译文照搬。

自己埋的地雷。只有排行第三的叔叔还活着,当了魔术师,在全国温泉地巡回演出。

*

哈德费尔关于好文章这样写过。

"写文章这种作业,其实就是在确认自己与周遭事物之间的距离。必要的不是感性,而是尺度。"(《心情愉快有什么不好?》,1936年)

我开始一只手握着尺,战战兢兢张望周围的一切,记得是从肯尼迪总统死的那年开始。从此已经过了15年。费了15年工夫,我真是放弃了各式各样的东西。简直像引擎故障的飞机,为了减轻重量而把行李一一抛弃,把座椅抛弃,最后连可怜的空中服务员也抛弃一样,15年之间,我抛弃了所有的一切,而另一方面却几乎什么也没学到。

这到底对吗?我也无法确定。变轻松了倒是真的,不过一想到年老将死的时候,自己到底留下什么,就觉得无比恐怖。自己烧完之后,连一根骨头都不剩。

"拥有黑暗的心的人,只做黑暗的梦。更黑暗的心连梦都不做。"死去的祖母老是这样说。

祖母死去的那夜,我所做的第一件事,是伸手悄悄将她的眼皮合上。我把她眼皮合上的同时,她79年之间继续拥抱的梦,就像降落在柏油路上的夏日阵雨那样,安静地消逝,过后什么也没留下。

*

再写一次关于文章的事。这是最后一次。

对我来说,写文章是非常痛苦的作业。有时候花一个月时间连一行也写不出来,有时候三天三夜写个不停,结果所写的完全不是预想中的那么回事。

虽然如此,写文章也是一件快乐的事,因为比起活着本身的困难来看,为它加上意义是太简单不过了。

大概是十几岁的时候吧,我发现这个事实之后,曾经惊讶得一星期说不出话来。如果稍微聪明一点的话,或许世界可以变得随心所欲,所有的价值可以转换过来,时光可以改道流转……曾经有过这种感觉。

等我发现那不过是一个陷阱时,不幸是在很久很久以后。我在记事簿正中央画1条线,左边将那期间所获得的东西写出来,右边将失去的东西记下来。失去的东西、糟蹋的东西,尤其是抛弃掉的东西、牺牲掉的东西,或背叛的东西……这些到最后我没办法全部记完。

我们努力想认识的东西,和实际上认识的东西之间,横跨着一道深渊。不管你拿多长的尺,都无法测量出那深度来。我能在这里写出来的,只不过是清单而已。既不是小说也不是文学,更不是艺术。只是正中央画1条线的一本单纯的笔记而已。教训或许有一点。

如果你想追求的是艺术或文学的话,只要去读希腊人写的东西就行了。因为要产生真正的艺术,奴隶制度是必不可缺的。就像古代希腊人那样。奴隶耕田、备餐、划船,而在那同时,市民则在地中海的阳光下专心作诗、研究数学。所谓艺术就是这么回事。

半夜3点还在更深夜静的厨房开冰箱找东西吃的人,就只能写出这样的文章了。

而,那就是我。

2

这件事是从1970年8月8日开始,18天后,也就是同年8月26日结束的。

3

"有钱人,全都是狗屎!"

老鼠两手撑在吧台上,忧郁地这样对我吼道。

或许老鼠吼的对象,是我后面的咖啡磨豆机。我跟老鼠并排坐在吧台,而且也没有任何必要特地对我吼。不过不管怎么样,老鼠就像往常一样,一大声吼完,就心满意足津津有味地开始喝起啤酒。

其实周围没有一个人注意到老鼠的大声吼叫。因为狭小的店里挤满了客人,而且每个人都同样大声地互相吼着。就像一艘即将沉没前的客船的光景一样。

"全是寄生虫!"老鼠说完厌烦地摇摇头。

"那些家伙什么也不会。我一看到那些摆出有钱人嘴脸的家伙,就恶心。"

我嘴唇还贴在薄薄的啤酒杯边缘,默默点头。老鼠说到这里就闭上嘴,而把放在吧台上的纤细手指,像在烤火般翻来覆去仔细望了几遍。我干脆抬头看天花板。10根手指如果不照顺序一一检点完毕,他是不会开始下一个话题的,每次都这样。

我和老鼠花了一整个夏天,简直像中邪了似的,喝干了25米长游泳池整池那么多的啤酒;剥掉可以铺满杰氏酒吧地板5公分厚的花生壳。而且那是个如果不这样,就活不下去的无聊夏天。

杰氏酒吧的吧台上挂着一张被香烟油脂熏到变色的版画,穷极无聊的时候,我会不厌其烦地一连好几个钟头一直望着那张画。就像罗尔沙赫氏测验可以用的那种图案,在我看来像两只面对面坐的绿色猴子,正在互相投着两个漏了气的网球一样。

我对酒保杰这样说时,他注意看了一会儿,然后有气无力地回答道:"嗯,这么一说,好像是这样噢。"

"不知道象征什么?"我这样试着问他。

"左边的猴子是你,右边的是我,我把啤酒瓶子丢过去,你把钱丢过来。"

我佩服地喝起啤酒。

"恶心!"

老鼠把手指一一仔细看完之后,又再重复骂一次。

老鼠不是现在才开始说有钱人坏话的,而且实际上就非常痛恨。老鼠自己家就相当有钱,不过我每次指出这点时,老鼠一定会说:

"又不是因为我。"

有时(大多是啤酒喝太多的时候)我会说:

"不,就是因为你。"而且说完一定心情不好。因为老鼠说的也有几分道理。

"你想我为什么讨厌有钱人?"

那天晚上,老鼠继续说,话题深入到这里还是头一次。

我摇摇头表示不知道。

"说白一点,是因为有钱人什么都不想。如果没有手电筒和尺的话,连自己的屁股都抓不到。"

"说白一点",是老鼠的口头禅。

"真的?"

"嗯!那些家伙重要的事什么都不想。只装作在想的样子……你知道为什么?"

"为什么?"

"因为没有必要啊。当然要变成有钱人是需要动一点脑筋,不过继续做个有钱人,就什么都不需要。就像人造卫星不需要加油一样。只要在同一个地方团团转就行了。不过，我可不是这样，你也不一样，为了生存不得不继续动脑筋，从明天的天气开始，到浴室塞子的尺寸为止，对吗？"

"噢。"我说。

"就是这么回事。"

老鼠把想说的话都说完之后，从口袋里拿出卫生纸，无聊透顶地大声擤鼻子。老鼠到底认真到什么地步，我实在摸不透。

"不过到最后大家都要死。"我试着这么说。

"那倒是真的。每个人迟早都要死。不过到那天为止，不得不活个50年，一面想着各种事情一面活50年，说白一点，比什么都不想地活个5千年，要累得多了。对吧？"

确实如此。

4

我第一次遇见老鼠是在3年前的春天。那是我们进大学的那年。两个人都喝得相当醉。所以到底为什么我们在清晨4点过后,会一起坐在老鼠漆黑的菲亚特600里的,简直没有记忆,大概是有共同的朋友吧。

总之我们烂醉如泥,而且时速表的指针指在80公里上。因此我们轰轰烈烈地撞破公园的围墙,压过杜鹃花丛,车子死命撞在石柱上,而我们居然没有受任何伤,说起来真是侥幸得没话说。

我被撞醒过来,踢开撞坏的门,走出外面,菲亚特的引擎盖飞到10米外的猴子栅栏前面,车子的鼻尖正好凹进一块石柱的形状,突然被吵醒的猴子们气得吱吱乱叫。

老鼠的两只手还放在方向盘上,身体像折叠起来似的往前弯,不过并没有受伤,只是把一个钟头前吃的披萨吐在仪表板上而已。我爬到车顶从天窗往驾驶座探望。

"没问题吧?"

"嗯,不过有点喝过头,居然吐了啊。"

"出得来吗?"

"拉我一把。"

老鼠把引擎关掉,把仪表板上的香烟盒塞进口袋,才慢吞吞地捉住我的手,爬上车顶。我们就在菲亚特车顶并肩坐下,抬头看看开始泛白的天空,默默抽了几根烟。我不知道为什么想起理查德·伯顿主演的战车电影来。老鼠在想什么我不知道。

"喂!我们蛮走运的嘛。"5分钟之后老鼠说了,"你看看!一点都没受伤,谁敢相信?"

我点点头。"不过车子已经报销了。"

"没关系,车子买得回来,好运可是钱买不到的。"

我有点吃惊地看看老鼠的脸。"原来你是有钱人。"

"好像是。"

"那倒幸亏了。"

老鼠没回答什么,不过还一副不满足的样子,一连摇了几次头。

"不过,反正我们很走运。"

"确实不错!"

老鼠用网球鞋后跟踩熄香烟,并将烟蒂用手指弹进猴子栅栏里。

"喂！我们两个组成搭档怎么样？一定做什么都顺利。"

"首先要做什么？"

"喝啤酒吧！"

我们在附近的自动贩卖机买了半打罐装啤酒，走到海边，躺在沙滩上，把啤酒全部喝光之后就看海。天气非常晴朗。

"你叫我老鼠好了。"他说。

"为什么取这样的名字呢？"

"忘了。好久以前的事了。起先很讨厌人家这样叫，现在倒无所谓了，什么事情都会习惯噢。"

我们把啤酒空罐头全部朝海投出后，就靠在堤防上，把连帽呢大衣从头盖下来，睡了一个钟头。醒来时，一种异样的生命力涨满全身，那种感觉很奇妙。

"跑100公里都没问题。"我对老鼠说。

"我也是。"老鼠说。

不过实际上我们不得不做的是——到市政府缴纳三年带利息的分期付款，作为公园的修补费。

5

老鼠不读书得厉害。我从来没看过他读除了体育报纸和广告信函以外的印刷品。我有时候为了打发时间在读的书,他总是好像苍蝇看见苍蝇拍似的稀奇地张望。

"干吗读什么书?"

"干吗喝什么啤酒?"

我一口一样轮流吃着醋泡竹荚鱼和生菜色拉,一面不看老鼠一眼地反问回去。老鼠对这问题想了半天,过了5分钟才开口:

"啤酒的好处啊,在于全部变成小便出来,一出局一垒双杀,什么也没留下。"

老鼠这么说,一面看我继续吃着。

"为什么老读书?"

我把最后一片竹荚鱼就着啤酒一起吞下之后,收掉盘子,伸手拿起放在旁边读到一半的《情感教育》,开始啪啦啪啦一页一页翻着。

"因为福楼拜是已经死掉的人哪。"

"你不读活着的作家的书吗?"

"活着的作家一点价值都没有。"

"为什么?"

"因为对已经死掉的人,大部分事情好像都可以原谅。"

我一面看着吧台上手提式电视正在回放《66号公路》一面这样回答。老鼠又沉思了一会儿。

"喂!活着的人又怎样?大部分都不能被原谅吗?"

"谁晓得,我还没认真去想过。不过如果非要逼问,或许是吧,或许不可原谅吧!"

杰走过来,在我们前面又放了2瓶新的啤酒。

"不可原谅,那怎么办?"

"抱个枕头睡觉啊!"

老鼠颇伤脑筋似的摇摇头。

"好奇怪哟。我实在搞不懂。"

老鼠这样说。

我在老鼠的玻璃杯里,倒满啤酒。他还是缩着身体,沉思了好一会儿。

"我上次最后看书,是在去年夏天。"老鼠说,"书名跟作者都忘了。

为什么看的也忘了。反正是个女的写的小说。主角是有名的服装设计师,30岁左右的女人,总之深信自己得了不治之症。"

"什么病?"

"忘了,八成是癌症吧,除了这个还有什么不治之症吗?……然后,她到一个海边的避暑胜地,从开始到结束都在自慰。不管在浴室、在森林里、在床上、在海里,真是在各种地方。"

"海里?"

"嗯……你相信吗?为什么连这个都要写在小说上?其他该写的事情要多少有多少,对吗?"

"谁知道。"

"我可不敢领教,这种小说,恶心!"

我点点头。

"如果是我,就写完全不同的小说。"

"例如呢?"

老鼠一面用手指绕着啤酒杯边缘转着,一面考虑。

"你看这个怎么样?我坐的船在太平洋正中央沉没了。于是我抓住一个游泳圈,一面望着星星,一面一个人孤零零地漂在黑夜的海上,安静而美丽的夜晚喏。然后从对面,也有一个抓住游泳圈的年轻女孩游着过来。"

"漂亮女孩?"

"那当然。"

我喝了一口啤酒摇摇头。

"总觉得有点愚蠢。"

"你先听听嘛。然后我们两个就一起并排漂在海上,开始聊起天来。从哪里来的,要往哪里去,兴趣是什么,睡过几个女人,电视节目,昨天做的梦,聊这些个话题,然后两个人一起喝啤酒。"

"哟!等一下!到底哪来的啤酒?"

老鼠考虑了一下。

"漂在海上的啊。从船上的餐厅流出来的罐装啤酒嘛。跟沙丁鱼罐头一起漂出来的,这总可以吧?"

"嗯。"

"不久天开始亮了,'接下来该怎么办?'女孩子问我。'我想游往看起来会有岛的方向去。'女孩子说。'不过可能没有岛,与其如此,不如漂浮在这里喝啤酒比较好,一定会有飞机来救我们的。'我说。不过女孩子还是一个人游走了。"

老鼠说到这里喘一口气,喝喝啤酒。

"女孩子连续游了两天两夜,终于游到一个岛上去,我也连醉了两天之后,被飞机救起来。然后啊,过了几年,两个人又在一个山边的小酒吧偶然遇见了。"

"于是两个人又一起喝起啤酒了对吗?"

"不觉得可悲吗?"

"大概吧。"我说。

6

老鼠的小说有两个优点。首先是没有做爱场面,然后是没有一个人死掉。不去管他,人总会死,会跟女人睡觉。就是这么回事。

*

"你觉得我错了吗?"女孩子这样问。

老鼠喝了一口啤酒,慢慢摇摇头。"说白一点,大家都错了。"

"为什么这样想?"

"嗯——"老鼠这样哼着,然后用舌头舔舔上唇,什么也没回答。

"我可是拼着老命,手都快游断才游到岛上的噢。痛苦得差一点死掉。而且呀,我一次又一次这样想:或许我错了!你才对。我这样辛苦,为什么你却什么也不做,光是不动地漂浮在海上呢?"

女孩子这样说完淡淡一笑。忧郁地按一按眼眶。老鼠坐立不安起来,下意识地摸摸口袋。三年来第一次忍不住非常想抽烟。

"如果我死掉,你会觉得好过一点吗?"

"有一点。"

"真的有一点?"

"……我忘了啦。"

两个人沉默了一会儿。老鼠又觉得不说点什么好像不太好。

"嗨!人生来就是不平等的嘛。"

"谁说的?"

"约翰·F.肯尼迪。"

7

小时候,我是个话非常少的少年。父母亲很担心,就带我到认识的精神科医生家里去。

医生家在一个看得见海的高地上,我一坐在日照很好的客厅沙发上,就有一位气质很好的中年妇人送来冰凉的柳橙汁和两个甜甜圈。我一面注意别把糖粉撒在膝上,一面把甜甜圈吃掉一半,把柳橙汁喝光。

"还想再喝吗?"医生问我,我摇摇头。只剩下我们两个面对面。正面墙上一张莫扎特的肖像画,像一只胆小的猫一样,含着怨气瞪着我。

"从前有个地方,有一只人很好的山羊。"

非常不错的开场白,我闭着眼睛想象人很好的山羊。

"山羊的脖子上总是挂着一块沉重的金表。一面呼呼喘着大气,一面走来走去。说到那金表,不但乱重的,而且坏了不能动。这时候刚好兔子朋友走来这样说:'山羊兄啊!为什么你要挂一块不会动的表呢?不是又重又没用吗?'山羊说:'重是很重,不过我已经习惯了,对表重和不动都习惯了啊.'"医生这样说着,就一面喝起自己的柳橙汁,一面笑眯眯地看着我。我默默等他继续说。

"有一天,山羊兄过生日,兔子送了他一个系着漂亮丝带的小礼盒,里面装的是一个闪闪发亮,非常轻,又非常准的新表。山羊兄非常高兴,就把这新表戴在脖子上,到处去给每个人看。"

说到这里故事突然结束。

"你是山羊,我是兔子,表是你的心。"

我像受骗了似的,没办法只好点点头。

每星期一次,礼拜天下午,我搭电车转巴士到医生家,一面吃些咖啡卷、苹果派、松饼,或沾有蜂蜜的羊角面包,一面接受治疗。虽然只有一年左右的期间,我却因此连牙医都不得不去看了。

所谓文明就是一种传达,他说。如果有什么不能表达,就等于不存在一样。好吗?零噢。如果你肚子饿,只要说一句"我肚子饿"就行了。我给你饼干,你可以吃。(我抓起一块饼干。)你什么都不说的话就没有饼干。(医生坏心眼地将饼干盘藏到桌子下面。)零噢。懂吗?你不想说话,但是肚子饿。于是你想不用语言来表达。可以用比手画脚的游戏(gesture game)。试试看。

我捂着肚子做出痛苦的表情。医生笑了,说那是消化不良啊。

消化不良……

其次我们所做的是自由谈话(free talking)。

"关于猫,你说说看,什么都行。"

我装出思考的样子,一次次转着脑袋。

"只要想到的,什么都可以说。"

"四只脚的动物。"

"那大象也是啊。"

"比那小得多。"

"然后呢?"

"被人家养在家里,高兴起来会捉老鼠。"

"吃什么?"

"鱼。"

"香肠呢?"

"香肠也吃。"

就像这样。

医生说得很对,文明是一种传达。如果失去可以表达、传达的东西,文明便结束。咔嚓……OFF。

14岁那年春天,难以相信地,就像决了堤似的,我突然开始说话。虽然说了什么已经完全记不得了,但像要填满14年之间的空白似的,我花了三个月时间,不停地说,直到7月中旬,说完的时候发烧到40度,连续三天没去上学。结果等热度退了之后,我变成一个话不多也不少的平凡少年。

8

大概因为口渴吧，我醒来的时候还不到早晨6点。在别人家里醒过来，每次都会觉得像在一个身体里，勉强塞进别的灵魂一样。好不容易从狭小的床上站起来，到门边一个简陋的水槽前，像马一样连续喝了几杯水之后，又回到床上。

从一直开着的窗户，看得见一点点海。微小的波浪，闪闪反射着刚刚升起不久的太阳，凝神注视时，看得见几艘脏兮兮的货船，不大耐烦似的漂浮着。看来好像会是很热的一天。周围的房子还安静地睡着，如果说能听见什么的话，就是偶尔电车轨道的辗轧声，和收音机播出的微弱的体操旋律而已。

我赤裸地靠着床背，点起香烟，然后望望旁边睡着的女孩子。从朝南的窗口直接照进来的阳光，洒满女孩子全身。她把毛巾被踢到脚下，沉沉地睡着。偶尔气息急促起来，形状美好的乳房便上下动着。身体看来像晒了不少太阳，不过因为经过了一段时间，开始有点变色，泳衣的形状，把没晒到的部分，清楚地留下异样的白色。看起来简直像快腐败了似的。

抽完烟，我花了大约10分钟努力回想女孩子的名字，但是没有用。第一，我是不是知道女孩子的名字都想不起来了。我放弃地打个呵欠，再看一次女孩子的身体。年龄大约比20岁轻一点，算是瘦的一型。我把手指尽量张开，从头开始按顺序量着她的身高，手指重叠了8次，最后在脚跟附近只剩下1根拇指头那么长。大约有158公分吧。

右边乳房下有10圆硬币大小的一片像酱油滴渍般的黑斑。下腹部细细的阴毛像洪水流过后小河里的水草一样，舒服地群生着。而她的左手只有4根手指。

9

等到她醒来,已经足足过了3小时,而且从她醒来到能够多少搞清楚状况为止,又花了5分钟。在那时间里,我交抱着双手,一直眺望浮在水平线上厚厚的云彩,正变换着形状流向东方。

过一会儿,我回过头时,她已经把毛巾被拉到脖子上,把全身裹在里面,一面跟残留在胃里的威士忌气味战斗,一面毫无表情地抬头看我。

"你是……谁?"

"不记得了吗?"

她只摇了一次头。我点上香烟,问她要不要一根,结果她不理会。

"你解释啊!"

"从哪里开始?"

"从头开始。"

到底哪里算是头,我也搞不清楚,而且要怎么跟她说,才能让她接受,我也不清楚。或许顺利,或许行不通。我大约只考虑了10秒钟便开始说。

"虽然很热,不过却是愉快的一天,我下午在游泳池游过泳,回到家睡了一下午觉,起来吃晚饭,大概过了8点吧。然后我开车出去散步。把车停在滨海道路上,一面听收音机一面看海。每次都这样。

"过了大约30分钟,忽然很想看看什么人。一直只看海,就会想看人,看多了人,又会想看海。真是奇怪。于是我决定到'杰氏酒吧'去。因为想喝啤酒,而且在那里多半可以看到朋友。可是那家伙不在。我只好一个人喝。一个钟头喝了三瓶啤酒。"

我说到这里打断话题,把烟灰弹在烟灰缸。

"对了,你读过《热铁皮屋顶上的猫》吗?"

她没回答,就像被捞上海滩的美人鱼一样,紧紧包在毛巾被里,瞪着天花板。我不在乎地继续说下去。

"我的意思是,每次一个人喝酒就会想起那个故事。现在我脑子里想到'叮当一声就会轻松一点'。不过现实生活可没那么简单,也没发出什么声音。不久等得不耐烦了,就打电话到那家伙的公寓去,想找他一起出来喝一杯,结果,接电话的是个女的……那种感觉很奇怪。那家伙不是这一型的。就算他带了50个女人进房间,烂醉如泥了,自己的电话,还是一定会自己接的。你了解吗?

"我装作拨错号码,道歉一声挂了电话。挂上以后心情有点不好。虽然不知道为什么。于是又喝了一瓶啤酒,不过心情还是没有好转。当然我也想到这样太傻了。不过就是这样。喝完啤酒,我把杰叫来结完账单,想回家听完体育新闻棒球比赛的结果就睡觉的。杰叫我去洗把脸。有人相信就算喝了一箱啤酒,只要洗一把脸,就可以开车了。没办法我只好到洗手间去洗脸。老实说我实在并不打算去洗脸,只假装去洗而已,那家店的洗手间排水口经常塞住会积水,所以并不想进去。不过昨天晚上非常稀奇,居然没有积水,却发现你躺在地上。"

她叹了口气,闭上眼睛。

"然后呢?"

"我把你抱起来,带出洗手间,问遍店里的客人,看看有没有人认识你。结果谁都不认识。然后我跟杰两个人帮你处理伤口。"

"伤口?"

"跌倒的时候,头碰到什么了吧。不过不是什么不得了的伤。"

她点点头,把手从毛巾被里抽出来,用指尖轻轻按压额头的伤口。

"然后我跟杰商量,看看该怎么办才好。结果决定由我开车送你回家。把你皮包内的东西倒出来,倒出钱包、钥匙环和寄给你的一张明信片。我用你钱包里的钱帮你付了账,再照明信片上的住址送你回到这里,打开锁,把你放在床上睡下,就是这样而已,收据还在钱包里呢。"

她深深吸了一口气。

"为什么住下来?"

"?"

"为什么把我送回来以后,不马上离开?"

"我有一个朋友因为急性酒精中毒死掉。他猛喝威士忌之后,说一声莎哟哪拉,还蛮有精神地走回家,刷完牙换好睡衣,上床睡觉的噢。可是到早上已经僵冷死掉了。还举行了盛大的葬礼呢。"

"……于是你就整个晚上留下来照顾我?"

"本来4点左右想回去的,不过居然睡着了。早上起来也想回去的,可是,算了。"

"为什么?"

"我想至少总得跟你说明一下,到底怎么回事啊。"

"真是设想周到啊!"

我缩起脖子,以便闪躲她那话中满含的毒意。然后看看云。

"我……说了什么没有?"

"说了一些。"

"什么方面?"

"各方面哪,不过我都忘了。没什么重要的。"

她闭着眼睛,在喉咙深处哼道。

"明信片呢?"

"放在皮包里呀。"

"你看了吗?"

"开玩笑。"

"为什么?"

"因为没必要看哪。"

我不耐烦地这样说。她的语气里,有些令我生气的东西。除了这点之外,本来她使我有点依恋的。就像很久以前曾经熟识的什么似的。我总觉得如果在极正常的状况下相遇的话,或许我们能相处得愉快一点。但实际上,所谓极正常的状况下和女孩子相遇,到底又是怎么一种情况,我简直无法想象。

"几点了?"

她这样问。我稍微松一口气站了起来,看看桌上的电子钟,然后在玻璃杯里倒了水走回来。

"9点。"

她无力地点点头,然后起床,就那样靠着墙,一口气把水喝干。

"我喝很多吗?"

"相当多吧,要是我一定已经死掉了。"

"差一点死掉啊。"

她伸手拿起枕头边的香烟点上火,随着叹气一起把烟吐出来,突然把火柴棒从开着的窗口往海港的方向用力扔出去。

"帮我拿衣服。"

"什么样的?"

她还含着烟,又再一次闭上眼睛。"什么都可以,拜托不要问问题。"

我打开床对面的衣柜门,稍微犹豫一下,选了一件无袖的蓝色连衣裙拿给她。她内衣也没穿,就从头上套下来,自己把背后的拉链拉上,又叹了一次气。

"不走不行了。"

"去哪里?"

"上班哪。"

她像吐出一口气似的这样说完,就东倒西歪地从床上站起来。我还坐在床的一端,毫无意义地一直望着她洗脸,用梳子梳头发。

房间整理得很整齐,不过那也只不过到某种程度为止,再进一步就没办法只好放弃的那种气氛飘散在周围,使我心情有几分沉重。

三坪左右的房间里,便宜的家具一应俱全地塞满之后,只剩下一个人勉强可以躺下的空间,在这种程度的空间里,她正站着梳头发。

"什么样的工作?"

"跟你没关系。"

确实如此。

一根香烟可以烧完的时间里，我一直保持沉默。她背对着我，在镜子里用手指连续压着眼睛下面现出的黑眼圈。

"几点？"她又问了一次。

"10分钟过去了。"

"已经没时间了。你也快点穿衣服回你自己家去吧。"她这样说着，就在腋下喷起香水。"当然有家吧？"

"有啊！"说完我套上T恤，依然坐在床上，再望了一次窗外。

"你要到哪里？"

"港口附近。怎么呢？"

"我开车送你，免得你迟到。"

她一只手还拿着梳子，以一副马上就要哭出来似的眼神一直凝视着我。如果哭得出来，一定会轻松一点！我想。但是她没有哭。

"嘿！这一点拜托你记清楚。我确实是喝多了醉了。所以就算发生了什么讨厌的事，那也是我自己的责任喏。"

她这样说完，就用梳子的柄，近乎机械式地在掌心劈里啪啦地连拍了几下。我沉默地等她继续说。

"对吗？"

"大概吧。"

"不过噢,会跟一个失去知觉的女孩子睡觉的家伙,是……最低级的。"

"可是我什么也没做啊。"

她好像在克制激动的情绪似的,沉默了一下。

"那我为什么没穿衣服?"

"是你自己脱掉的。"

"我才不相信呢。"

她把梳子甩在床上,把钱包、口红、头痛药等七零八碎的东西塞进皮包。

"喂!你真的能证明什么都没做吗?"

"自己检查一下不就行了?"

"怎么检查?"

她好像真的认真生气了。

"我发誓。"

"我才不相信。"

"你不能不信哪。"我说完,不耐烦起来。

她放弃再说下去,把我赶出房间,自己也走出来把门锁上。

我们一句话也没说,沿着河边的柏油路走到停车的空地去。

当我用卫生纸把挡风玻璃上的灰尘擦掉时,她满脸怀疑地慢慢绕着车子一周,然后望了一下引擎盖上用白漆画的一张大大的牛脸。牛鼻子上戴着一个大鼻环,嘴上含了一朵白玫瑰笑着。非常轻薄的一种笑法。

"是你画的吗?"

"不,是以前的车主画的。"

"为什么要画牛呢?"

"谁晓得。"我说。

她退后两步,再望了一次牛的画,然后好像很后悔话说太多似的,闭上嘴上了车。

车子里非常热,一直到港口她都没说一句话。只是不断用毛巾擦着滴下来的汗,一面不停地抽烟。点一根烟才抽三口,就像要检查滤嘴上的口红印似的盯着瞧半天,然后把烟在车上的烟灰缸按熄,又点起下一根。

"嘿!昨天晚上,我到底说了什么话?"

临下车的时候,她突然这样问。

"各种话啊。"

"一种就好了,告诉我吧!"

"肯尼迪的事。"

"肯尼迪?"

"约翰·F. 肯尼迪。"

她摇摇头,叹了一口气。

"我什么都不记得了。"

下车的时候,她什么也没说,却把一张千圆钞票塞进后视镜背后。

10

非常热的夏夜。热到蛋都可能变成半熟的地步。

我像往常一样,用背推开"杰氏酒吧"沉重的门,然后吸进冷气很足的空气。店里弥漫着香烟、威士忌、炸薯条、腋下和下水道的气味,像年轮蛋糕那样,一层一层重叠地沉淀着。

我跟平常一样在吧台尽头的位子坐下,背靠着墙,环视店里一周,有三个穿着没见过的制服的法国水兵,带着两个女人,还有一对20岁左右的情侣,只有这样而已,没看见老鼠。

我点了啤酒和牛肉三明治,拿出书来,决定慢慢等老鼠。

过了10分钟左右,有一个乳房像葡萄柚,穿着华丽连衣裙约30岁的女人走进店里,在我旁边隔一个位子坐下,然后跟我刚才做过的一样,环视了店里一周之后,点了螺丝起子。她只喝了一口饮料就站起来,打了一通长得教人不耐烦的电话,讲完之后就抱着皮包走进厕所。结果在40分钟之间重复了3次。一口螺丝起子、长电话、皮包、厕所。

酒保杰走到我面前来，以不耐烦的表情说道："也不怕屁股磨破噢？"他虽然是中国人，却比我更会说日本话。

女人第三次从厕所回来时，环视了四周一下，然后滑到我旁边，小声说：

"嗨！不好意思，借我点硬币好吗？"

我点点头，把口袋里的硬币搜出来排在吧台上。10圆硬币一共有13个。

"谢谢你！太棒了。有这些我就不用向店里换，看他们的脸色了。"

"不客气，我也乐得一身轻松。"

她微笑着点点头，迅速地抓起硬币就往电话的方向消失了。

我放弃再看书，拜托杰把手提式电视机拿上吧台来，一面喝啤酒，一面看棒球转播。热闹的比赛。光是在第4局上半场，两名投手就被击出6支安打，其中还包括2支全垒打，一个外野手受不了贫血发作晕倒了，在换投手的时候，插播了6支广告，包括啤酒、人寿保险、维他命丸、航空公司、洋芋片和卫生棉的广告。

法国水兵中的一个，好像没钓到女人，手里拿着啤酒杯走到我后面来，用法语问我在看什么。

"棒球。"我用英语回答。

"Baseball？"

我简单说明了一下规则。那个男的把球投出去,这家伙用棒子打,跑一圈得1分,水兵安静地看了电视5分钟,但一等到上广告,就问我为什么点唱机里没有约翰尼·阿利代的唱片。

"因为不红,所以没有。"我说。

"那么法国歌手谁比较红?"

"阿达莫。"

"他是比利时人哪。"

"米歇尔·博尔纳雷夫。"

"Merde(狗屎)。"

水兵那样说完就回到原来那桌去。

到第5局上半场时,女人才好不容易又回来。

"谢谢!让我请你什么吧!"

"不用客气。"

"我的脾气是借了东西一定要还,不然就不自在,不管是好是坏。"

我本来打算微微一笑,却做不好,只默默点头而已。女人用手指把杰叫来,然后说:"给这位啤酒,给我螺丝起子。"杰正确地点了3次头。消失在吧台的一端。

"你等的人没来,对吗?"

"好像是。"

"对方是女孩子吗？"

"是男的。"

"那跟我一样噢。我们好像可以谈得来的样子。"

我没办法只好点点头。

"嘿！你看我几岁？"

"28。"

"你说谎噢？"

"26。"

女人笑了。

"不过我倒不生气，你看我是单身，还是有丈夫？"

"猜对有奖金吗？"

"可以呀。"

"结婚了。"

"嗯……猜对一半。上个月才刚离婚。你以前有没有跟离婚的女人说过话？"

"没有。不过倒看过神经痛的牛。"

"在哪里？"

"大学实验室里。一共动用5个人，才好不容易把牛推进教室。"

女人好像很乐地笑着。

"学生吗?"

"嗯。"

"我以前也是学生噢,1960年左右,那真是个美好的时代。"

"哪方面?"

她什么也没说,只是咯咯咯地笑着喝了一口螺丝起子,就又像想起什么似的,突然看看手表。

"我又必须打电话了。"说着拿起皮包站起来。

她消失后,我的问题还没得到解答,一时飘在空中悬着。

我把啤酒喝完一半,就叫杰来算了账。

"想逃走吗?"杰说。

"对。"

"讨厌比你大的女人?"

"跟年龄无关。总之老鼠如果来了,帮我问候一声。"

我走出店门时,女人正打完电话,第四次要进厕所。

回家的路上,我一直吹着口哨。那好像是在哪里听过的旋律,但歌名老是想不起来,是很久以前的歌。我在海岸道路上停下车,一面望着暗夜的海,一面努力试着想歌名。

那是《米老鼠俱乐部之歌》,我想歌词是这样:

"大家快乐的约定语,

M-I-C、K-E-Y、M-O-U-S-E。"

或许确实曾经是美好的时代。

11

ON

嗨！各位晚上好！您好吗？我今天心情特别愉快，很想把快乐分一半给大家。这里是N.E.B广播电台，又到了各位所熟悉的《热门歌曲电话点播》时间，从现在开始到9点为止，是美丽的星期六晚上的两个钟头，为您热烈播出再度红起来的热门歌曲、怀念的曲子、快乐的曲子、讨厌的曲子、恶心的曲子……什么都可以，请踊跃打电话。电话号码各位知道吧？好不好？不要拨错号码噢！拨的人损失，接的人麻烦，字数不符和歌的五七五。打错电话就多此一举了。不过从6点接受点播开始，一个钟头里，电台的10线电话一直响个不停。各位听众要不要听一听电话铃声？……怎么样？不得了吧？很好——就是这样！一直拨到手指拨断为止，不停地拨啊！说到上星期，电话打太多，结果保险丝烧断了，造成大家的困扰。不过已经没问题了。昨天我们改装了特别制造的电缆,跟大象的腿一样粗的,比大象的腿,比长颈鹿的腿,还要粗。字数还是不符和歌的五七五。所以请放心,疯狂地打吧!就算广播电台全体员工都接疯了,保险丝也绝对不会再烧断。可以吗?很好——。今天天气还是热得令人受不了,不过让我们听听愉快的摇滚乐把热气吹散好不好?美好的音乐就是为这个存在的,就像可爱的女孩子一样。OK——第一曲,这一曲只要安静听就好了。真是非常棒的曲子,让您忘记炎热,布鲁克·本顿的《佐治亚的雨夜》。

OFF

……哇!怎么这么热,真受不了……

……喂!冷气开强一点好吗?……真是地狱!……嘿!少来!我满身是汗哪……

……对,就是这样啊……

……喂!喉咙渴死了,谁帮我拿冰凉的可乐来好吗?……没问题。不会要小便啦。我的膀胱啊,特

听风的歌

……别强壮……对!膀胱……

……谢谢!蜜小姐,好棒啊……嗯,冰得好凉啊……

……嘿!没有开瓶器哟……

……傻瓜!总不能用牙齿开吧?……喂!唱片放完了噢。没时间啦,别恶作剧好吗!……快点,拿开瓶器来……

……畜生……

ON

好棒噢!这才是音乐啊。布鲁克·本顿,《佐治亚的雨夜》,现在凉快一点了吧?不过话说回来,今天最高气温你猜几度?37度噢,37度。就算是夏天,也太热了。这简直是烤箱嘛。如果是37度,说起来一个人安静不动,还不如抱一个女孩子来得凉快一点。你相信吗?OK,闲话少说,到此为止。现在开始放唱片,克里登斯清水复兴合唱团唱的《Who'll Stop the Rain》,大家一起来吧! Baby——。

OFF

……喂！喂！不用了！已经用麦克风的脚架打开了……

……嗯、好好喝……

……没问题,不会打嗝啦,你真不放心啊……

……喂！棒球怎么样了？……别台正在转播中吧？……

……喂！等一下,为什么电台连一部收音机也没有？这是犯罪的呀……

……知道了,算了。不管怎么样,现在想喝啤酒了,好冰好冰的……

……喂！糟糕,想打嗝了……

……嗝！……

12

7点15分电话铃响了。

我躺在客厅藤椅上,一面喝着罐装啤酒,一面不停地抓起奶酪饼干往嘴里塞。

"喂!晚上好!这里是N.E.B广播电台的《热门歌曲电话点播》节目。你是不是在听收音机?"

我急忙把嘴里的奶酪饼干用啤酒吞进喉咙里。

"收音机?"

"对,收音机。文明所产生的……嗝……最优越的机器。比吸尘器精密,比冰箱小,比电视机便宜。你刚才在做什么?"

"在看书。"

"啧、啧、啧,这样不行啦。怎么可以不听收音机。老是看书只会变孤独噢,对不对?"

"嗯。"

"书这种东西呀,是在煮意大利面的时候,为了打发时间,一手拿着看的,懂吗?"

"噢。"

"好吧!嗝……看样子我们会很谈得来。对了,你有没有跟不停打嗝的主持人说过话?"

"没有。"

"那么这是第一次啰。正在听收音机的各位也是第一次听见吧?可是我为什么会在节目中打电话给你,你知道吗?"

"不知道。"

"其实是这样的,有一位女孩子点了一首曲子,……嗝……要请你听。你知道是谁吗?"

"不知道。"

"点的曲子是海滩男孩的《加州女孩》,令人怀念的曲子吧?怎么样?有没有想到什么?"

我想了一想,然后说完全不知道。

"哎……真伤脑筋!如果你答对的话,我们要送你一件特别设计的T恤呢。你好好想一想嘛。"

我又再想了一想。这次稍微想起一丁点,不过记忆的角落里,还是觉得有什么东西卡着。

"加州女孩……海滩男孩……怎么样？想起来没有？"

"这么说，5年前我好像跟班上一位女生借过一张唱片。"

"什么样的女生？"

"毕业旅行的时候，我帮她找隐形眼镜，她为了谢我，就借我唱片。"

"隐形眼镜啊……不过你唱片还她没有？"

"没有，被我搞丢了。"

"那可不太妙噢。买也要买一张还人家才好。对女孩子嘛，可以借东西给她……嗝……却不能欠她东西哟。懂吗？"

"我懂了。"

"好吧——大约5年前毕业旅行的时候，掉了隐形眼镜的她，当然也在听收音机吧？——那么她的名字呢？"

我把好不容易才想起来的名字说出来。

"嗨！他说要买一张唱片还你哟。太棒了！……对了，你今年几岁？"

"21岁。"

"真棒的年纪啊。学生吗？"

"是。"

"……嗝……"

"啊？"

"主修什么?"

"生物学。"

"噢……喜欢动物?"

"嗯。"

"哪方面?"

"……不笑的方面吧!"

"哦?动物不笑吗?"

"狗和马稍微会笑一点。"

"呵呵,什么样的时候?"

"快乐的时候。"

我好几年来,第一次觉得突然想生气。

"那么……嗝……如果有所谓的狗相声师也蛮不错啰?"

"你大概就是!"

"哈哈哈哈哈。"

13

《加州女孩》

东岸的女孩魅力十足,

时髦又开朗。

南部的女孩走路摇曳生姿,

谈吐大方,令人倾倒。

中西部纯朴的农家女,

温柔体贴,让人心动。

北部的女孩豪放可爱,

真诚温暖你的心。

但愿漂亮的女孩,

全都是加州女孩……

14

T恤在第三天下午寄来。

是这样的一件T恤。

15

　　第二天早晨,我穿上那件硬邦邦、毛扎扎的全新T恤,在港边漫无目的地散步一阵子之后,推开一间偶然看见的小唱片行的门。店里没看见客人。只有一位女店员坐在柜台,一面不耐烦地检查着传票,一面喝着罐装可乐。我看了一下唱片架之后,突然发现她是我见过的。就是一星期以前,睡倒在洗手间没有小指头的女孩子。嗨!我说。她有点吃惊地看看我的脸,看看T恤,然后把罐装可乐喝干。

　　"你怎么知道我在这里上班?"

　　她好像放弃什么似的这样说。

　　"偶然哪!我是来买唱片的。"

　　"什么唱片?"

　　"海滩男孩的那张有《加州女孩》的LP。"

　　她颇觉怀疑似的,点个头站起来,大步走到唱片架旁,像训练良好的狗一样,抱着唱片回来。

"这张可以吗?"

我点点头,手还插在口袋里,眼睛往店里浏览一圈。

"然后贝多芬的《第三钢琴协奏曲》。"

她不说话,这次拿了2张LP回来。

"格伦·古尔德和巴克豪斯,你要哪一张?"

"格伦·古尔德的。"

她把1张放在柜台,1张放回原位。

"其他呢?"

"有《A Gal in Calico》的迈尔斯·戴维斯。"

这次稍微多花了些时间,不过她到底还是抱着唱片回来了。

"然后呢?"

"这样就可以了。谢谢。"

她把3张唱片排在柜台上。

"这些你全部都听吗?"

"不,是要送人的。"

"真慷慨啊。"

"好像是。"

她有点拘束地耸耸肩,说一共五千五百五十圆。我付了钱,接过包好的唱片。

听风的歌

"不管怎么样,反正托你的福,中午以前总算卖了3张唱片。"

"那倒幸亏噢。"

她叹了一口气坐回柜台里的椅子上,又开始翻起那沓传票。

"每次都你一个人看店吗?"

"还有一个女孩子,现在去吃饭了。"

"你呢?"

"她回来再跟我换班。"

我从口袋掏出香烟点上,看她工作了一会儿。

"嗨!要不要一起吃饭?"

她眼睛不离开传票地摇摇头。

"我喜欢一个人吃。"

"我也一样。"

"是吗?"

她一副嫌麻烦地把收据夹在腋下,去把唱机的唱针放在Harpers Bizarre的新专辑上。

"那你为什么邀我?"

"有时候想改变一下习惯。"

"你一个人改变好了。"

她把传票放在手上,继续开始工作。"别再来烦我。"

我点点头。

"我记得上次说过了,你是最低级的。"

她这样说完后噘起嘴,用4根手指,叭啦叭啦翻着整本传票。

16

我走进杰氏酒吧的时候,老鼠正把手肘支在吧台上,表情严肃地在读着亨利·詹姆斯的一本像电话号码簿一样厚得吓人的小说。

"好看吗?"

老鼠把脸从书上抬起来,摇摇头。"不过,自从上次跟你谈过话,我倒是读了蛮多书的。你知道'比起贫乏的真实,我更爱华丽的虚伪'这句话吗?"

"不知道。"

"是法国导演罗杰·瓦迪姆说的。还有一种说法。'所谓优越的知性,就是同时拥有两种互相对立的概念,又能充分发挥两者的机能。'"

"这是谁说的?"

"忘记了,你觉得是真的吗?"

"谎话。"

"为什么?"

"如果半夜3点醒过来,肚子空空的,打开冰箱却什么也没有,怎么办?"

老鼠想了一下,然后大声笑起来。我把杰叫过来,点了啤酒和炸薯条,把包好的唱片拿出来递给老鼠。

"这是什么?"

"生日礼物。"

"可是是下个月呀。"

"下个月我就不在了啊。"

老鼠拿着唱片沉思起来。

"这样吗?好寂寞啊。你不在的话。"老鼠说着打开包装,拿出唱片看了一下。

"贝多芬《第三钢琴协奏曲》、格伦·古尔德、伦纳德·伯恩斯坦。嗯……没听过,你呢?"

"我也没有。"

"总之谢了。说白一点,我太高兴了。"

17

三天里,我继续找着她的电话号码。那个借我海滩男孩唱片的女孩子。

我到高中学校的办公室查毕业生名册,找出来了。可是我打那号码,却只有电话录音,说那个号码现在是空号。我打查号台说出她的名字,可是接线生找了5分钟后说,这芳名电话簿上没有登记。说到这芳名的时候,感觉蛮好的。我道了谢,挂上电话。

第二天,我打电话给过去的几个同班同学,问问看有谁知道她的近况。没有一个人知道她怎么样了。大部分连她的存在都不记得了。最后一个不知道为什么,对我说,我不要跟你讲话,说完就把电话挂掉。

第三天我再去学校一次,在办公室问到了她所上的大学校名。那是一所在半山腰上的二流女子大学的英文系。我打电话到大学办公室,自称是味好美调味酱料负责追踪调查的人,为了问卷的事要跟她联络,想知道她的正确住址和电话号码。不好意思,因为有重要事情,麻烦一下……等客套一番。办事员说要查一下,能不能15分钟后再打一次。我喝完一瓶啤酒后,再打,办事员告诉我她今年3月申请退学,理由是养病,他说。不过病因是什么,现在是不是恢复得可以吃色拉了,还有为什么不申请休学要申请退学,他什么也不知道。

有没有住址?旧的也可以。我问了以后,他帮我查出来,是学校附近租给学生的房子。我往那里打电话,一个像是女主人的人接的,她说她春天搬出去就不知去向了。说完挂了电话。一副也不想知道的挂法。

那是我跟她之间联系的最后一根线索。

我回到家,一面喝啤酒,一面一个人听《加州女孩》。

18

电话铃响了。

我在藤椅上半睡半醒着,迷糊地望着翻开的书本。结实的午后阵雨,把庭院的树叶都打湿,然后又停了。雨下过后,吹起带有海的气味的潮湿南风,把阳台上排着的观叶植物叶子吹得轻轻摇摆,又掀动着窗帘。

"喂!"女人说。就像在一张不太安定的桌上,悄悄放上一个薄薄的玻璃杯般的说法。"还记得我吗?"

我假装想了一下。

"唱片卖得怎么样?"

"不怎么好……一定是因为不景气吧,没有人要听什么唱片了。"

"哦。"

她用指甲咯吱咯吱地敲着听筒边缘。

"找你的电话号码找得好辛苦噢。"

"真的吗?"

"我到'杰氏酒吧'去问。店里的人帮我问你的朋友,那位高高的有点怪的人,他在看莫里哀的小说。"

"原来如此。"

沉默。

"大家都觉得好寂寞,说你一星期都没来了,不知道是不是身体不舒服呢。"

"我倒不知道我人缘这么好。"

"……你在生我的气吗?"

"为什么?"

"因为我说了很难听的话,所以想跟你道歉哪。"

"噢,我的事情你根本不用在意。如果你还是介意的话,可以到公园去撒豆豆给鸽子吃。"

她叹了一口气,听得见她在听筒那边点起一根香烟,后面传来鲍勃·迪伦的《纳什维尔的地平线》。可能是店里的电话。

"问题不是你怎么感觉,而是至少我觉得我不应该那样说。"她说得很快。

"对自己蛮严格的嘛。"

"嗯,我经常都希望这样。"

她沉默了一下。

"今天晚上可以见个面吗?"

"可以呀。"

"8点在杰氏酒吧,可以吗?"

"好哇。"

"……还有,因为我碰到很多不愉快的事。"

"我知道。"

"谢谢。"

她挂上电话。

19

说来话长,不过我已经21岁了。

还足够年轻,却已经没有以前那么年轻了。如果对这点还不满意的话,那么除了星期天早上爬到帝国大厦,从屋顶跳下之外,没有别的办法了。

我在描述经济大恐慌时期的老电影里,听过这样的笑话。

"你知道吗?我每次从帝国大厦下面经过的时候都要撑一把伞,因为上面总是有人劈里啪啦掉下来。"

我21岁,至少现在还没打算死。我到目前为止跟三个女孩子睡过。

第一个女孩子是高中同班同学,那时候我们17岁,两人都完全相信自己深爱着对方。在一个黄昏的树林里,她脱下茶色便鞋,脱下白色棉袜,脱下浅绿色泡泡纱连衣裙,脱掉很明显不合尺寸的奇怪内衣,稍微犹豫了一下之后,剥下手表,然后我们在《朝日新闻》星期日版上面互相拥抱。

我们在高中毕业后没几个月突然分开。原因已经忘了。不过就是可以忘掉那种程度的原因而已。从此以后我一次也没再见过她。睡不着的夜里,常常想起她,如此而已。

第二个对象,是在地铁新宿车站里遇见的嬉皮女孩。她16岁,身无分文,连睡觉的地方都没有,而且连乳房都几乎没有。倒有一对让头脑看起来不错的漂亮眼睛。那是一个新宿示威游行闹得很凶的夜晚。电车、巴士,一切都完全停止。

"你在那里逛来逛去,不怕被逮?"我跟她说。她缩在已经关闭的检票口里,蹲着看从纸屑桶捡来的体育报纸。

"可是警察会给我饭吃啊。"

"会给你厉害瞧吧。"

"习惯了啊。"

我点起一根烟,也给她一根。因为催泪瓦斯的关系,眼睛刺刺地疼。

"没吃东西吧?"

"早上到现在。"

"怎么样,带你去吃东西,反正到外面来吧。"

"为什么要带我去吃东西?"

"不为什么啊。"为什么我也不知道。我把她从检票口拖出来,从无人的街道走到目白区。

这个话非常少的女孩子,在我租的房子住了一星期左右。她每天中午过后醒来,吃过饭就抽烟,迷迷糊糊地看书、看电视,有时候有气无力地跟我做爱。她唯一拥有的东西是那个白色帆布袋,里面只有1件厚风衣、2件T恤、1条牛仔裤、3件穿脏的内裤和1盒卫生棉条。

"你是从哪里来的?"

有时候我这样问她。

"从你不知道的地方。"

她这样回答,除此之外,就不再开口。

有一天我从超级市场抱着食品袋回来时,她已经不见了。她的白色帆布袋也不见了,除此之外不见的东西还有好几样。散在桌上的仅有零钱、整条香烟,还有我刚洗好的T恤。书桌上有一张从笔记本上撕下来像留言条的纸头,上面只写着一句"讨厌的家伙"。那或许是指我吧。

第三个对象,是在大学图书馆里认识的法文系女生,不过她在第二年春假,在网球场旁贫瘠的杂木林里上吊死了。尸体直到新学期开始之后才被发现,足足吊着被风吹了两星期。现在天一黑,谁都不敢走近那树林。

20

她在杰氏酒吧心神不宁地坐在吧台前,用吸管在冰几乎快溶光的姜汁汽水的玻璃杯底搅拌着。

"我以为你不来了。"

我在旁边一坐下,她就松一口气似的这样说。

"不会失约的。有事情稍微晚了。"

"什么样的事?"

"皮鞋呀,我擦了皮鞋。"

"你那双篮球鞋?"

她指着我的运动鞋,深表怀疑地说。

"怎么可能!是我爸爸的皮鞋,这是家训。说是儿子必须帮老爸擦皮鞋。"

"为什么?"

"谁知道。大概皮鞋象征什么吧?总之我爸每天晚上像盖章似的固定8点回家。我擦完皮鞋,每次都跑出来喝啤酒。"

"真是好习惯。"

"你觉得吗?"

"嗯,应该谢谢你父亲。"

"我每次都很感谢我爸只有两只脚。"

她咯咯咯地笑。

"一定是很体面的家。"

"噢,体面之外还没有钱,快乐得眼泪都快掉下来。"

她用吸管尖端继续搅拌姜汁汽水。

"不过我家更穷。"

"你怎么知道?"

"闻味道哇。就像有钱人可以闻出有钱人,穷人也可以闻出穷人的味道。"

我把杰拿来的啤酒倒在玻璃杯里。

"你父母亲在哪里?"

"我不想说。"

"为什么?"

"体面的人总是不喜欢把自己家乱七八糟的事告诉人家。对吗?"

"那你是体面的人啰?"

她考虑了15秒。

"是想变成那样。蛮认真的噢。谁不都是这样吗?"

我不去回答那问题。

"不过还是说了比较好。"我这样说。

"为什么?"

"第一,迟早总会跟谁说。第二,我不会把这种事告诉任何人。"

她笑着点起烟,在吐了3次烟之间,一直默默地注视吧台木板的纹路。

"我爸五年前得脑肿瘤死了,真可怕,整整痛苦了两年。我们因此把钱都花光了。花得干干净净什么也不剩。因此家里人都筋疲力尽,最后四分五裂。常常有这种事,对吗?"

我点点头。"你妈妈呢?"

"不晓得在什么地方活着,还会寄贺年卡来。"

"你好像并不喜欢她?"

"对。"

"兄弟姐妹呢?"

"只有一个双胞胎妹妹而已。"

"住在哪里?"

"三万光年那么远的地方。"

她这样说完就神经质地笑笑,把姜汁汽水的玻璃杯推到旁边。

"说家人的坏话,确实不是什么好事,提起来真泄气!"

"不要这么在意,每个人都有一些事情啊。"

"你也有吗?"

"嗯,我每次都握着刮胡膏罐子哭呢。"

她好像很开心地笑了,很多年没笑过的那种笑法。

"嘿,你干吗喝什么姜汁汽水嘛?"我试着这样问她,"难道你在戒酒?"

"嗯……本来是这样打算的,不过算了。"

"想喝什么?"

"冰得透透的白葡萄酒。"

我把杰叫来,要了新的啤酒和白葡萄酒。

"嘿!有一位双胞胎姐妹是什么感觉?"

"嗯,感觉很奇怪哟。同样的脸,同样的智商,穿同样尺寸的胸罩……老是觉得很烦。"

"常常被搞错吧?"

"对,到8岁为止,那一年我的手指变成只有9根,从此以后谁都不会再搞错了。"

她那样说着,就像演奏会里钢琴家集中精神的时候那样,两只手整整齐齐地并拢起来排在吧台上。我握起她的左手,在吧台的灯下仔细观察。像鸡尾酒杯一样冰冷的小手,在那上面,就像天生就已经那样的,极其自然地,4根手指看起来非常舒坦地排列着。那种自然是近乎奇迹式的,至少比6根手指排在一起,具有说服力多了。

"8岁的时候,小指头被吸尘器的马达夹到,弹走了。"

"现在在哪里?"

"什么?"

"小指头啊。"

"忘记了。"她说完笑笑,"问这种事情,你还是第一个呢。"

"没有小指头会不会不自在?"

"嗯,戴手套的时候会。"

"其他时候呢?"

她摇摇头。

"如果说完全没有,那是谎话。不过就像其他女孩在意自己的脖子粗一点,小腿的寒毛浓一点,同样程度吧。"

我点点头。

"你在做什么?"

"在东京上大学。"

"放假回来的。"

"对。"

"你在念什么?"

"生物学,我喜欢动物。"

"我也喜欢。"

我把留在玻璃杯里的啤酒喝干,抓了几根炸薯条。

"知道吗?……印度巴加尔布尔有一只很有名的豹,3年里一共吃掉350个印度人喏。"

"哦?"

"然后为了消灭豹子,他们请了一位人称猎豹专家的英国上校吉姆·科贝特来,连那只豹子在内,8年里一共射杀了125只豹子和老虎。这样你还喜欢动物吗?"

她把香烟按熄,喝了一口葡萄酒,然后一副很佩服的样子,看了我的脸半天。

"你实在有一点怪。"

21

第三个女朋友死后半个月,我读了米什莱的《女巫》,是一本优异的书,其中有这样一节:

"洛林这地方有一位杰出的法官雷米,烧死了八百名女巫,并以这'恐怖政治'引以自豪。他说:'由于我的正义实在太闻名了,因此前几天被捕的十六名犯人,都不等我下手,自己就先上吊了。'"(筱田浩一郎 译)

说到"我的正义实在太闻名了"这句话真是好得没话说。

22

电话铃响了。

我因为到游泳池去游泳,脸晒得通红,正用炉甘石洗剂冰敷着。铃声响过10次以后,我只好把脸上一块一块整齐排列的化妆棉拿下来,从椅子上站起来。

"你好!是我啦。"

"嗨。"我说。

"你在做什么?"

"什么也没做。"

我把卷在脖子上的毛巾拿起来擦擦火辣辣的脸。

"昨天好愉快,很久没这样了。"

"那太好了。"

"嗯……你喜欢炖牛肉吗?"

"喜欢。"

"我做好了,可是如果我一个人吃,要一星期才吃得完,你要不要过来吃?"

"不错啊。"

"OK,一个小时过来。如果迟到,我就全部倒进垃圾桶噢,知道吗?"

"可是……"

"我最讨厌等人了,就这样。"

她这样说完,不等我开口就把电话挂了。

我再一次躺回沙发,一面听收音机播出排行榜前40名的歌曲,一面迷迷糊糊地望着天花板10分钟左右。然后到浴室冲澡,再用热水仔细把胡子刮过。穿上刚从洗衣店送回来的衬衫和百慕大短裤。是一个令人愉快的黄昏。我沿着海岸一面看夕阳一面开车,在快开进国道的前面一点,买了两瓶冰得凉凉的葡萄酒和一条香烟。

她在整理餐桌,在上面排着纯白的餐具时,我用水果刀的尖端把葡萄酒的软木栓瓶塞撬开。炖牛肉湿湿的热气把房间里蒸得更闷热。

"真没想到会变这么热,简直是地狱嘛。"

"地狱比这更热。"

"好像你去过似的。"

"听人家说的啊。假如热得快疯了,就把你移到凉快一点的地方,等你稍微恢复了,又送回原来的地方。"

"简直跟桑拿一样嘛。"

"就是啊。不过听说也有些人疯了,就不再回到原来的地方了。"

"那些人怎么办呢?"

"被带到天堂去呀,然后在那里漆墙壁。因为天堂的墙壁必须永远保持洁白,有一点污点都不行,因为会影响形象。所以每天从早到晚都要油漆,大部分的家伙气管都弄坏了。"

她没有再多问什么。我小心翼翼地把掉进瓶子里的软木栓屑挑掉之后,倒了两玻璃杯。

"冰冰的葡萄酒暖暖的心。"

干杯的时候,她这样说。

"这是什么意思?"

"电视广告啊。冰冰的葡萄酒暖暖的心。你没看过吗?"

"没有哇。"

"你不看电视啊?"

"只看一点点。以前常常看的,我最喜欢《灵犬莱西》,不过当然是第一代的。"

"你喜欢动物噢。"

"嗯。"

"我如果有时间,整天都在看,什么都看。昨天我看到生物学家和化学家的讨论会。你看了没有?"

"没有。"

她喝一口葡萄酒,好像想起什么似的摇摇头。

"你知道吗,巴斯德拥有科学的直觉力哟。"

"科学的直觉力?"

"……就是说啊,一般的科学家是这样想的:A等于B,B等于C,所以A等于C。验证完毕(Q.E.D),理应如此被证明,对吗?"

我点点头。

"可是巴斯德就不一样。他脑子里有的是A等于C,只有这样。没有什么证明之类的。可是他的理论正确,历史已经证明了,而且他的一生中有无数宝贵的发现。"

"种痘。"

她把葡萄酒杯放在餐桌上,满脸惊讶地望着我。

"嘿,种痘是金纳发明的吧?还上什么大学呢。"

"狂犬病的疫苗,还有低温杀菌,对吗?"

"标准答案。"

她不露牙齿地得意笑着,然后把玻璃杯里的葡萄酒喝干,自己又重新倒一些。

"电视讨论会上把这种能力称为科学的直觉力。你有没有?"

"几乎没有吧。"

"你觉得如果有好不好?"

"或许在某方面有用。跟女孩子睡觉的时候用得上也说不定。"

她笑着走到厨房,去把炖锅、色拉钵和面包卷拿过来。从完全打开的窗口好不容易开始吹进一点点风来。

我们用她的唱机放唱片来听,一面慢慢吃着东西。在那段时间里,她问我一些大学的事和东京的生活。没什么特别有趣的事。譬如用猫做实验(当然不杀死,我这样说谎。说主要在做心理方面的实验,其实我在两个月里杀了36只大小不同的猫),示威游行和罢工的事。然后我把被机动队员打断的前齿痕迹给她看。

"想复仇吗?"

"开玩笑。"我说。

"为什么?如果我是你,就把那警察找出来,用铁槌敲断他几颗牙齿。"

"我是我,而且那都是过去的事了。首先机动队员每个都长得差不多,实在找不出来呀。"

"那不是没什么意义吗?"

"意义?"

"连牙齿都被打断的意义呀。"

"是没有啊。"我说。

她一副很无聊的样子嘀咕一下,然后吃一口炖牛肉。

我们喝完餐后咖啡,就在狭小的厨房并排把餐具洗好,再回到餐桌旁,点上香烟,听M.J.Q的唱片。

她穿着可以清楚看见乳头的薄衬衫和腰围松松的棉短裤,而我们的脚在餐桌下碰到好几次,每次都使我有点脸红起来。

"好吃吗?"

"非常好吃。"

她轻轻咬着下唇。

"为什么每次不问你就不说话?"

"不晓得,大概是习惯吧,每次重要的话就会忘记说。"

"给你一个忠告好吗?"

"请说。"

"你不改变的话,会吃亏哟。"

"大概吧。不过,可能跟老爷车一样,修了一个地方,只有使其他地方更显眼。"

她笑了,把唱片换成马文·盖伊的。钟指着快8点。

"今天可以不擦皮鞋吗?"

"半夜再擦,跟刷牙一起做。"

她把两只细细的手肘支在餐桌上,然后把下巴舒服地托在上面,一面凝视着我的眼睛一面说话。这使得我非常慌乱。我故意装作点香烟,或看看窗外,几次把眼光移开,可是每次只有使她更奇怪地盯着我看。

"嘿!相信你也可以哟。"

"什么?"

"你上次说没对我做什么啊。"

"为什么这样想?"

"你想听吗?"

"不。"我说。

"我就知道你会这样说。"她吃吃地笑着,在我杯子里倒些葡萄酒,然后像在想什么似的望着黑暗的窗子。

"我常常想,如果能不麻烦任何人而活下去该多好。你觉得可以吗?"

她这样问。

"不晓得。"

"嘿,我有没有给你添麻烦?"

"没有哇。"

"到现在为止噢?"

"到现在为止还没有。"

她悄悄把手伸过餐桌叠在我的手上,就那样停了一会儿才缩回去。

"我明天要去旅行。"

"去哪里?"

"还没决定。我想去安静又凉快的地方,大约一星期左右。"

我点点头。

"回来后会打电话给你。"

*

回家的路上,我在车上突然想起第一次约会的女孩子来。那是七年前的事了。

就在约会的时候,我好像从开始到结束,都一直在问"会不会无聊?"

我们去看埃尔维斯·普雷斯利主演的电影。主题歌是这样唱的:

> 我和女友吵了架。
>
> 于是我写信给她。

听风的歌

  对不起,是我不好。

  但信被退回来。

  地址不详,查无此人。

  时间过得实在太快了。

23

第三个跟我睡觉的女孩子,称我的阴茎为"你存在的理由(raison d'être)"。

*

我以前曾经想以人类存在的理由为主题,写一篇短篇小说。虽然最后小说没写完,可是在那段期间,我不断思考有关人类存在的理由,因此养成一种奇特的怪癖,那就是一切事物非要换算成数值不可的怪癖。在大约8个月之间,我被这种冲动所驱使。一上电车就先开始算乘客的人数,算阶梯的级数,只要一闲下来就数脉搏。根据当时的记录,从1969年8月15日到次年4月3日为止的期间内,我一共去上了358节课,做爱54次,抽了6 921根香烟。

那段时期,我认真地相信,或许我可以像那样把一切换算成数值,并传达给别人某种东西。而只要我拥有某些可以传达给别人的东西,就表示我确实存在。可是好像理所当然似的,对我所抽的香烟数,或所上的阶梯级数,或我阴茎的尺寸,没有一个人有兴趣。于是我丧失了存在的理由,变成一个孤独的人。

*

就这样,当我知道她死的时候,抽了第 6 922 根香烟。

24

那天晚上,老鼠一滴啤酒也没喝。这绝不是什么好预兆。取而代之,他连续不停地喝了5杯金宾威士忌加冰块。

我们在酒吧后面昏暗的角落打弹珠玩具消磨时间。这东西只要少许硬币的代价,就提供你时间去糟蹋。可是老鼠对什么都认真。因此那天晚上6次比赛里,我居然能胜2次,几乎是接近奇迹了。

"嗨!你怎么搞的?"

"没什么。"老鼠说。

我们回到吧台,再喝啤酒和金宾。

而且几乎什么话也没说,只是默默听着点唱机放出一张又一张的唱片。《Everyday People》《Woodstock》《Spirit in the Sky》《Hey There Lonely Girl》……

"有一件事想拜托你。"老鼠说。

"什么样的事?"

"帮我去见一个人。"

"……女的?"

犹豫了一下,老鼠点点头。

"为什么要拜托我?"

"除了你还有谁?"老鼠急促地这样说完,就喝了第6杯威士忌的第一口。"你有西装跟领带吧?"

"有啊,不过……"

"明天2点。"老鼠说,"嘿!你想女人到底是吃什么活的?"

"鞋底。"

"说得像真的似的。"老鼠说。

25

老鼠最喜欢吃刚做好的煎饼(hotcake)。他把那叠成几片放在深盘子里，然后用刀子整齐地切成4等份，再从上面浇一瓶可口可乐。

我第一次去老鼠家的时候，他正在5月柔和的阳光下，把桌子搬出来，把那令人不敢领教的食物往胃里倒。

"这种食物的优点是，"老鼠对我说，"食物跟饮料浑然化为一体了。"

在树木生长繁茂的宽阔庭院里，聚集了各色各样的野鸟，正拼命啄着撒满草地的白色爆米花。

26

现在谈一谈我睡过的第三个女孩子。

不过要谈一个已经死掉的人是非常困难的事,而谈一个年纪轻轻就死掉的女孩子就更困难了。因为死了,所以她们永远年轻。

相反的,活下来的我们却一年比一年、一个月比一个月、一天比一天老。有时我甚至觉得自己一个小时比一个小时老。而可怕的是,这是事实。

*

她绝对算不上是个美女。但如果说她不美,似乎又不太公平。我想"她并没有美得跟她相衬"应该是正确的表达。

我只有她一张相片,后面记着日期,1963年8月。肯尼迪总统脑袋被射穿的那年。她坐在一个像是避暑胜地的海边防波堤上,有点不太自在地微笑着。头发像珍·茜宝一样剪得短短的(那发型某些地方使我联想到奥斯威辛集中营），穿着红色方格布的长连衣裙。看起来有点笨拙，然而却很美。那是一种看见的人心中最温柔的部分都会被穿透的美。

轻轻抿着的嘴唇，像纤细的触角般往上微翘的小鼻子，好像自己剪的刘海毫不造作地散在宽额头上，稍微隆起的两颊，有一些青春痘的淡淡痕迹。

那时候她14岁，是21年的人生里最美丽的瞬间。然而那些突然间便消逝了，我只能这样想。是什么原因，还有什么目的，让这件事发生，我实在不明白，谁也不明白。

*

她认真地说（不是开玩笑）："我进大学是为了接受天启的。"那是在早晨4点前，我们赤裸地躺在床上。我试着问她，天启到底是怎么回事。

"不可能知道吧。"她说完过一会儿又补充道，"不过那就像天使的羽毛一样，会从天上降下来。"

我试着想象天使的羽毛降在大学中庭的光景。可是从远远看，那简直就像卫生纸一样。

*

她为什么死，没有人知道。我想她自己是不是知道都值得怀疑。

27

我做了一个讨厌的梦。

我是一只黑色的大鸟,在丛林上方向西飞着。我受了重伤,羽毛上沾着发黑的血迹。西边的天空开始被不祥的乌云所笼罩,四周飘散着些微雨的香气。

好久没有做梦了,因为实在隔太久了,所以当我注意到那是梦的时候,已经过了一些时间。

我从床上起来,去用淋浴把身上讨厌的汗冲掉以后,吃了吐司和喝了苹果汁当早餐。香烟和啤酒使得喉咙简直像塞满了旧棉花似的味道。我把餐具都堆进水槽后,换上橄榄绿的棉西装和努力烫平的衬衫,并选了一条黑色针织领带抓在手上,就在客厅的冷气机前坐下。

电视新闻主播正得意洋洋地断言今天将是入夏以来最热的一天。我把电视关掉,走进隔壁哥哥的房间,从庞大的书山里选了几本出来,躺回客厅的沙发上看起来。

两年前,哥哥留下一屋子的书和一个女朋友,就什么理由也没说地去了美国。她偶尔会跟我一起吃饭。她说,我们兄弟长得真像。

"什么地方像?"我惊讶地这样问她。

"全部都像。"她说。

或许正如她说的。而且我想是因为我们十几年来不断轮流擦皮鞋的结果。

时钟指着12点,我想到外面那么热,一面不耐烦,一面打起领带,穿上西装。

时间还绰绰有余,而该做的事一件也没有。我在市区开车慢慢兜着。从海边一直伸展到山边,细长得可怜的市区。有河流和网球场、高尔夫球场、整排的大房子,墙壁接着墙壁,有几家别致的餐厅、服装店、古老的图书馆、长满月见草的原野、有猴子槛栏的公园,城市总是这个样子。

我在半山腰特有的弯曲道路上绕了一会儿,然后顺着河流向下开往海的方向,在接近河口的地方下了车,到河里把脚泡凉。网球场上有两个女孩子晒得黑黑的,戴着白帽子和太阳眼镜正在对打。阳光从中午之后开始急遽变强,每挥一下球拍,她们的汗就飞溅到球场上。

我看着她们大约5分钟之后回到车上,把椅子放倒闭上眼睛,暂时朦胧地继续听海浪混杂着网球在球拍间往返的声音。轻微的南风,送来海的香味和曝晒的柏油气味,使我想起从前的夏天。女孩子肌肤的温暖、古老的摇滚乐、刚洗好的领尖有纽扣的衬衫、在游泳池更衣室抽的烟味、微妙的预感,都是一些无止境的夏天甜美的梦。然后有一年夏天(到底是哪一年?),梦再也没回来过。

我2点整把车开到杰氏酒吧前面的时候,老鼠正坐在路边的护栏上,读着卡赞扎基斯的《基督的最后诱惑》。

"她到底在哪里?"我试着这样问。

老鼠默不作声地把书合上,坐上车以后戴起太阳眼镜。"不用了。"

"不用了?"

"对,不用了。"

我叹了一口气把领带拉松,把西装上衣丢到后座,然后点起香烟。

"那么要去哪里?"

"动物园。"

"好啊。"我说。

28

再谈谈这个城市。这是我出生、成长,而且第一次跟女人睡觉的地方。

前面是海,后面有山,邻接一个巨大的港口,是一个非常小的城市。从港口回来,开车在国道上飞驰的时候,我都不抽烟。因为当火柴擦完的时候,车子已经穿过市区了。

人口只有7万多一点。这数字5年后几乎也不会变吧。其中大部分人住在有院子的两层楼房里,有汽车,不少人家还拥有两部车。

这数字并不是我随便想象的,是市公所的统计部门年度终了时正式发表的。两层楼房的人家听起来还不错。

老鼠住在三层楼的房子里,屋顶甚至还有温室。斜坡挖空的地下室当车库,他父亲的奔驰和老鼠的凯旋TR III亲密地并排停着。奇怪的是老鼠家最具有家庭气氛的地方就是这个车库。连小型飞机都绝对停得下的宽阔车库里,塞满了老旧或用腻的电视机、冰箱、沙发、全套餐桌椅、音响组合、餐具架等。我们常常在那里一面喝着啤酒,一面度过愉快的时光。

关于老鼠的父亲,我几乎一无所知,也没见过面。我如果问起他到底是什么样的人,老鼠就断然说道:比我老得多,而且是男的。

根据传闻,老鼠的父亲从前非常穷,那是指战前。他在战争快开始前,辛辛苦苦弄到一家化学药品工厂。卖一些驱虫软膏,效果相当可疑,但正好时机凑巧,战争延伸到南方战线去,于是软膏销量就开始飞增。

战争结束后他把软膏堆进仓库,这次开始卖起奇怪的营养剂,朝鲜战争结束那前后,又突然把那换成家庭用清洁剂。听说那些东西的成分都一样。好像蛮有可能的一回事。

25年前,在新几内亚的热带丛林里全身涂满驱虫软膏的日本兵尸体堆积如山,今天每个家庭的厕所里也堆满了同样商标的浴室用下水道清洁剂。

就因为这样,老鼠的父亲就变成了大富翁。

当然我的朋友里面也有穷人家的孩子。父亲是市营巴士司机。或许也有人是有钱的巴士司机吧,不过我朋友的父亲是属于穷的巴士司机。他父母亲几乎都不在家,所以我常常去玩。他父亲不是在巴士上,就是去赛马场了,而他母亲一整天都出去打零工。

他是我高中的同班同学,但我们却是因为一件小事变成朋友的。

有一天,中午休息时间我去小便,他走到旁边来拉下裤子拉链。我们几乎默默地同时小便完毕,一起去洗手。

"喂!我有个好东西哟。"

他一面在裤子的屁股后面把手擦干,一面这样说。

"哦?"

"要不要看?"

他从皮夹子里抽出一张照片递给我。是一张裸体女人张开大腿,中间插一个啤酒瓶的照片。

"不得了吧?"

"确实是。"

"到我家还有更不得了的噢。"他说。

就这样我们变成了朋友。

小城住着各种人。我在18年之间,确实在那里学到很多东西。小城在我心里牢牢地扎根,回忆中的一切几乎都跟这里结合在一起。可是上大学的那个春天,离开这小城的时候,我从内心深处觉得松了一口气。

暑假和春假我都回到这里来,不过大部分时间都在喝啤酒。

29

大约有一星期左右,老鼠觉得非常难过。或许快接近秋天了也有关系,可能跟那个女孩子也有关系。老鼠对那件事一句话也没提。

我看不到老鼠的时候,曾经拉住杰,向他打听。

"嘿!你想老鼠到底怎么样了?"

"谁知道,我也不太清楚,大概因为夏天快过了吧?"

秋天一接近,老鼠的心总会稍微落寞一些。有时坐在吧台呆呆看着书,我跟他说什么,他也只是有气无力地简单回答而已。黄昏以后凉风吹来,四周稍稍可以感觉到一点秋的气息时,老鼠就突然中止喝啤酒,开始拼命喝起加冰块的波本威士忌;拼命往吧台边的点唱机里投币,把弹珠玩具机踢到亮起犯规灯,连杰都慌了手脚。

"也许觉得被遗弃了吧,我了解那种感觉。"

杰这样说。

"是吗?"

"因为大家都要走了啊。回学校的回学校,回去上班的回去上班。你还不是一样?"

"对噢。"

"体谅他吧。"

我点点头。"那个女孩子呢?"

"过些时候会忘掉的,一定会。"

"是不是发生了什么不妙的事?"

"不晓得怎么了?"

杰支支吾吾地又回去做他的事。我没再多问。把钱丢进点唱机里选了几首曲子,回到吧台继续喝啤酒。

过了大约10分钟,杰又来到我面前。

"嘿,老鼠没跟你说什么吗?"

"嗯。"

"好奇怪。"

"是吗?"

杰把手上拿着玻璃杯擦了好几次,一面沉思着。

"他一定想跟你商量的。"

"那为什么不呢?"

"说不出口吧,以为人家会觉得他很傻嘛。"

"我才不会觉得他很傻呢。"

"看得出来,我以前就这样觉得。你实在心很软,怎么说呢,好像有某些地方悟得很透似的……我不是有意说坏话。"

"我知道。"

"不过啊,我比你大20岁,因此也碰到过很多讨厌的事。所以这叫作什么呢……"

"苦口婆心。"

"对。"

我笑笑又喝啤酒。

"老鼠由我来向他开口说看看。"

"嗯,这样比较好。"

杰把香烟熄掉回去工作。我站起来走进洗手间,洗手的时候顺便照照镜子。然后心情烦闷地又喝了一瓶啤酒。

30

过去曾经有过这样的时代,任何人都想活得酷。

高中毕业那时候,我决心把心里所想的事情只说出一半,理由已经忘了,但是这种想法我实行了好几年。然后有一天,我发现自己已经变成一个只能把心里所想的事说出一半的人了。

我不知道这跟酷有什么关系。可是如果一年到头经常都必须除霜的旧冰箱也算得上"酷"的话,那我也可以了。

就因为这样,我一面以啤酒和香烟踢醒快要在时光的沉淀里睡着的意识,一面继续写着这文章。一次又一次去冲热水澡,一天刮两次胡子,一遍又一遍听着老唱片。现在,就在我背后,那过时的彼得、保罗和玛丽三重唱还在唱着:

"别想太多!一切都会没事的。(Don't think twice, it's all right.)"

31

第二天，我约老鼠到半山腰一个旅馆的游泳池去。夏天快过了，加上交通也不太方便，因此游泳池里只有10个客人左右。而且其中有一半是对日光浴比对游泳更热心的美国游客。

这旅馆是从旧贵族的别墅改建的，有一个铺满绿草皮的气派庭园，游泳池和建筑物之间隔着一道玫瑰花墙，沿着花墙爬上略微高起的小丘时，可以眺望清清楚楚的海和港口和市街。

我和老鼠在25米长的游泳池来回比赛游了好几趟之后，并排坐在躺椅上，喝冰凉的可乐。我等呼吸调整回来，开始抽起一根烟的时候，老鼠呆呆地望着一个好像蛮舒服地独自在继续游泳的美国少女。

万里晴空的天上，看得见几架喷射机留下凝冻了似的白色航迹云继续往前飞去。

"我觉得小时候好像有更多飞机在天上飞噢。"

老鼠仰望着天空这样说。

"几乎都是美国军方的飞机,你记不记得,那种带螺旋桨的双体飞机。"

"P-38?"

"不,是运输机。比P-38大得多了。有时候飞得低得不得了,连空军的标志都看得见呢……其他还记得DC-6、DC-7,还有我还看过军刀战斗机(Sabre)哟。"

"好老了噢。"

"对,那是艾森豪威尔时代的。每次一有巡洋舰进港,就满街都是宪兵和水兵。你看过宪兵吗?"

"嗯。"

"好多东西现在都没有了。当然我并不喜欢军队……"

我点点头。

"军刀机真是杰出的飞机啊!如果它不丢烧夷弹的话就好了,你看过烧夷弹丢下来爆炸的情形吗?"

"在战争电影里。"

"人类真会想出各种东西。而且,那些还做得真好呢。再过个10年,也许我们连烧夷弹都要怀念起来了。"

我笑着点起第2根香烟。"你喜欢飞机呀?"

"我以前还想当飞行员呢。不过眼睛搞坏就算了。"

"真的?"

"我喜欢天空,一直看都看不腻,而不想看的时候,不看就行了。"

老鼠沉默了5分钟,然后突然开口。

"常常有些事情让你实在受不了,就像对自己是一个有钱人这回事,会想逃走噢,你懂吗?"

"没有理由懂啊。"我发愣地说,"不过只要逃走就行了啊。如果你真的这样想的话。"

"……大概吧。我也想这样最好,到一个我不知道的地方去,一切从头开始,这样也不错噢。"

"不回大学去吗?"

"已经退掉,也不想回去了。"

老鼠从太阳眼镜后面,再度追踪那个还在继续游泳的女孩子。

"为什么不去了?"

"不晓得,大概腻了吧。不过,我曾经努力试过,连自己都难以相信地认真过。对别人的事情也跟对自己的一样设想过,因此也被警察打过。不过时候一到,大家还是都回到自己的地方去。只有我没地方可以回。就像玩大风吹一样。"

"以后你要做什么?"

老鼠一面用毛巾擦着脚一面考虑。

"我想写小说。你觉得呢?"

"当然可以写。"

老鼠点点头。

"什么样的小说?"

"好小说啊,我是说对自己而言。我并不觉得自己有什么才能,不过至少每次写的时候,如果没有什么能够自我启发的东西,我就觉得没有意义,对吗?"

"对呀。"

"为自己写……不然就为蝉写。"

"蝉?"

"嗯。"

老鼠赤裸的胸前挂一块肯尼迪硬币的坠子,他用手玩弄了一会儿。

"几年前,我跟一个女孩子两个人一起去奈良。在非常热的夏天下午,我们在山路上走了差不多3小时。在那之间我们所遇见的对象,说起来只有留下尖锐啼声飞走的野鸟和滚落在路边翅膀啪哒啪哒拍着的蝉而已。因为实在太热了。

"我们走了不久,就在一个夏草长得很美的和缓山坡上坐下来,吹着舒服的风,擦着身上的汗。斜坡下面有一道深深的壕沟,对面林木苍郁像小岛般隆起来的古坟,是以前天皇的,你看过吗?"

我点点头。

"那时候我想,干吗盖一个这么庞大的东西呢?……当然什么样的坟墓都有它的意义,什么样的人迟早都会死,就是这样,给了我一个教训。不过啊,那东西实在太大了,巨大往往使一个事物往完全不同的方向改变。老实说,那东西看起来简直就不像坟墓,像座山。壕沟的水面全是青蛙和水草,而且栏杆旁边都是蜘蛛网。

"我默默地望着那座古坟,耳朵听着掠过水面的风声。那时候我所感觉到的心情,实在是言语所无法表达的。不,那不是叫作什么心情,简直就像全身紧紧被包围起来的感觉。也就是说,蝉啦,青蛙啦,蜘蛛啦,风啦,全部化为一体整个流向宇宙去似的。"

老鼠这样说完,把气泡跑光的可乐最后一口喝完。

"每次写文章的时候,我就想起那个夏天的午后和树木茂密的古坟来。而且这样想:如果能为蝉啦,青蛙啦,蜘蛛啦,还有夏草啊,风啊,写一点什么的话,不知道该有多棒!"

讲完以后,老鼠把两只手交抱在脑后,默默望着天空。

"于是……你写了什么吗?"

"没有,一行也没写,什么也写不出来。"

"真的吗?"

"你们是地上的盐。"

"?"

"盐若失了味,怎能叫他再咸呢?[①]"老鼠这样说。

傍晚天色开始暗下来时,我们离开游泳池,走进旅馆里放着曼托瓦尼意大利民谣的小酒吧,喝冰啤酒,从宽大的窗子,可以清清楚楚地眺望港口的灯。

"女孩子怎么样了?"

我干脆这样问。

老鼠用手背抹掉嘴上沾的泡沫,好像落入沉思般望着天花板。

"说白一点,这件事本来不打算跟你提的,因为好像很愚蠢。"

"不过你曾经想跟我商量对吗?"

"对,可是考虑了一个晚上就打消念头了。世上有些事情是没办法解决的。"

"例如呢?"

"例如蛀牙啊。有一天突然痛起来,不管谁来安慰你,痛还是不会停,于是,自己就开始对自己非常生气。接下来对那些不对自己生气的家伙忍不住开始生起气来,你懂吗?"

"有一点。"我说,"不过,你好好想一想!条件大家都一样。就像

[①] 译者注:《圣经·新约·马太福音》第5章第13节。

一起搭一班故障的飞机一样吧,当然也有运气好跟运气坏的,有强壮的有虚弱的,有富裕的有贫穷的。不过没有一个人拥有超乎常人的力量,大家都一样。拥有什么的人就提心吊胆担心什么时候会失去,没有什么的人又担心永远什么也没有。大家都一样。所以早一点觉悟的人应该努力变得强一点,至少做个样子也好。对吗?强有力的人哪里也找不到,只有会装成强有力的人而已。"

"可以问一个问题吗?"

我点点头。

"你真的这样相信吗?"

"嗯。"

老鼠沉默了一下,一直凝视着啤酒玻璃杯。

"你不能说这是谎言吗?"

老鼠一本正经地这样说。

我开车送老鼠回家,然后一个人绕到杰氏酒吧去。

"谈过了吗?"

"谈过了。"

"那很好。"

杰这样说着,在我前面放一些炸薯条。

32

戴立克·哈德费尔虽然留下那么庞大数量的作品，却是一个极少直接谈到人生、梦或爱的作家。比较认真（所谓认真是指没有外星人或怪物出现的意思）的半自传性作品《绕彩虹一周半》(1937)中，哈德费尔用讽刺、谩骂、玩笑和悖论掩饰蒙混，只在极少数很短的句子里，披露了真诚的原意。

"我对这房间里最神圣的书，也就是以英文字母顺序排列的电话号码簿发誓，我只说真话。那就是人生是空虚的，但是当然有救。因为并不是一开始就完全空虚的，而是我们在非常辛苦又辛苦的重复之下，拼命努力把它削减，最后变空的。至于是怎么辛苦、怎么削减的，在这里不多费笔墨，因为太麻烦了。如果有人无论如何都想知道，可以去读罗曼·罗兰著的《约翰·克利斯朵夫》，那里面全都写了。"

哈德费尔非常喜欢《约翰·克利斯朵夫》的理由,纯粹因为它把一个人从诞生到死亡为止,非常仔细而有条理地描述出来这一点,还有它是一本长得可怕的小说这一点。所谓小说这种东西,既然是信息,就必须能以图表和年表表达出来才行,这是他所持的理论。而且那准确度和量成正比。他这样认为。

对托尔斯泰的《战争与和平》,他常常抱着批判的态度。当然量方面不成问题,他说。但作品里缺乏宇宙观,因此作品给我很不协调的印象。他使用"宇宙观"这字眼,大体上是指"不毛"的意思。

他最喜欢的小说是《弗兰德斯的狗》。他说:"嘿!你相信吗?一条狗会为了画而死。"

有一位记者在采访时问哈德费尔说:

"您书上的主角瓦特在火星上死两次,在金星上死一次。这不矛盾吗?"

哈德费尔这样说:

"你知道在宇宙空间里,时光是怎么流动的吗?"

"不知道。"记者回答,"可是,这种事情谁也没办法知道啊。"

"大家都知道的事还写在小说上,到底有什么意思?"

听风的歌

*

哈德费尔的作品里有一篇《火星的井》，是他的作品群中最特殊的，简直就像雷·布拉德伯里可能会写出的短篇。这是我在很久以前读过的，细节已经忘了，只把大概的情节记在这里。

这是一个关于一位青年潜入火星地表之下无数被挖掘成没有底的井里的故事。井可以确定是在几万年前火星人所挖的，但奇怪的是这些井全部一律仔细地避开水脉挖成。他们到底为什么挖了这样的东西，没有人知道。实际上火星人除了这些井之外，什么也没留下。既没有文字、住宅、餐具、铁、坟墓、火箭、街道、自动贩卖机，连贝壳也没有，只有井而已。这能不能算是文明，实在让地球上的学者们难以判断，不过这些井确实做得很巧妙。在经过几万年的岁月之后，连一块砖头都没有掉。

不用说曾经有几位冒险家或调查队进去过井里。那些带了绳索的人，因为井太深和横穴太长只好退回来，而那些没带绳索的人则一个也没回来。

有一天，一位在太空徘徊的青年钻进井里去。他厌倦了太空的宽阔，期望不为人知的死亡。随着他的向下降落，井使他觉得越来越舒服，一种奇妙的力量开始温柔地包围他的身体。大约下降了1公里左右之后，他发现一个适当的横穴，于是钻进里面，漫无目标地顺着弯弯曲曲的路继续走，也不知道到底走了多少时间。因为手表已经停了。或许是两小时，也可能是两天。既不觉得饿，也不觉得疲倦。先前所感觉到的不可思议的力量，依然包围着他的身体。

然而有一次，他突然感觉到日光。原来横穴和其他的井连接在一起。他从井里往上爬，又再爬出地面。他在井边坐下，眺望着一无遮拦的荒野，然后再眺望太阳。有什么不一样了。风的气味、太阳……太阳虽然仍在空中，却像夕阳一样，变成橘红色的巨大块状。

"再过25万年太阳就会爆炸噢。轰隆……OFF。25万年，不是什么不得了的时间噢。"

风这样对他呢喃着。

"你可以不必在意我，只不过是风而已。如果你喜欢的话，也可以叫我火星人。声音听起来不错，本来语言对我来说，就没什么意义。"

"可是你正在说话啊。"

"我吗？在说话的是你哟，我只是给你的心一点暗示而已。"

"太阳到底怎么了？"

"老了啊，快要死了。这是你、我都没办法的事。"

"为什么忽然……"

"不是忽然喏。在你穿过井的时候已经流逝了大约15亿年的岁月了。就像你们的谚语中有一句"光阴似箭"那样。你所穿过的井,是顺着时光的斜度掘出来的。也就是说我们是徘徊在时光之间,从宇宙创生到死亡为止。因此我们是既没有生,也没有死的。我们是风。"

"我可以问一个问题吗?"

"非常乐意。"

"你学到了什么?"

大气轻微摇动起来,风笑着。然后永远的寂静再度覆盖了火星表面。年轻人从口袋里拿出手枪,枪口对准太阳穴,悄悄扣了扳机。

33

电话铃响了。

"我回来了。"她说。

"好想见面。"

"现在能出来吗?"

"当然。"

"5点在YWCA(基督教女青年会)门口。"

"你在YWCA做什么?"

"学法语会话。"

"法语会话?"

"OUI(是的)。"

我挂上电话后,洗个澡,喝个啤酒。等我喝完时,开始下起像瀑布般的午后阵雨。

我到YWCA时，雨已经完全停了，可是从门口出来的女孩子们还满怀疑问地一面看看天空，一面把伞撑开又收起。我在大门对面把车停好，熄了引擎点上烟。被雨淋得黑黑的门柱，看起来像立在荒野的两根墓石一样。YWCA略脏而阴沉的建筑物隔壁，盖了一栋崭新却简陋便宜的出租大厦，屋顶挂着一块电冰箱的巨大广告牌。一个穿着围裙的30岁左右看来有点贫血的女人向前弯着腰，而且还一副很愉快的样子把冰箱打开，因此我可以看到冰箱里的东西。

冷冻库里有冰和1升装的香草冰淇淋、包装冷冻虾，第二层有鸡蛋匣、黄油、卡门贝尔奶酪、无骨火腿，第三层有鱼、鸡腿肉，最下面的塑料盒里有西红柿、小黄瓜、芦笋、莴苣和葡萄柚，门上有可口可乐和大瓶啤酒各3瓶，还有纸盒牛奶。

我在等她的时候，就靠在方向盘上，一直考虑着该以什么样的顺序吃掉冰箱里的每一样东西，不管怎么说，1升的冰淇淋总是太多了，而没有色拉酱则是最致命的。

她从门里出来的时候，大约5点多一点。她穿着鳄鱼牌粉红色马球衫和白色棉质迷你裙，头发绑在后面，戴着眼镜。一星期之间她好像老了三岁。也许是发型和眼镜的关系。

"刚才下好大的雨噢。"她一坐上副驾驶座就这样说，然后神经质

听风的歌

地拉拉裙摆。

"淋湿了吗?"

"有一点。"

我从后座把上次去游泳池以后就一直放在那里的海滩毛巾拿给她。她用那毛巾擦擦脸上的汗,又擦了几次头发,然后还给我。

"开始下的时候我在附近喝咖啡。简直像洪水一样。"

"不过幸亏下了,凉快一点。"

"对呀。"

她点点头,然后把手伸出窗外,试试外面的温度。我跟她之间,有一种跟上次见面的时候不一样的某种不协调的气氛。

"旅行愉快吗?"我试着这样问。

"根本没去旅行,我说谎了。"

"为什么要说谎?"

"以后再告诉你。"

34

我偶尔会说谎。

最后一次说谎是在去年。

我非常讨厌说谎。说谎和沉默可以说是现代人类社会里日渐蔓延的两大罪恶。事实上,我们经常说谎,动不动就沉默不语。

不过,如果我们一年到头说个不停,而且一定只说真话的话,或许真实的价值就要丧失殆尽了。

*

去年秋天,我和我的女朋友赤裸地躺在被窝里。而我们都肚子饿得要命。

"有没有什么东西可以吃?"我试着这样问她。

"我去找找看。"

她光着身子站起来,打开冰箱找出旧面包,用生菜和香肠做成简单的三明治,连同速溶咖啡一起拿到床上来。那是一个以10月来说有点太冷的夜,她回到床上时,身体已经冻得跟罐头鲑鱼一样了。

"没有芥末了。"

"已经太棒了。"

我们就缩在棉被里一面啃着三明治一面看电视播出的老电影。

《桂河大桥》。

最后桥爆炸时她嘀咕了一下。

"为什么要那样拼着老命去架一座桥呢?"她指着那茫然呆站着的亚利克·基尼斯这样问我。

"为了维持尊严哪。"

"嗯……"她满嘴含着面包,思考了一下人类的尊严。虽然经常都这样,但她脑子里到底发生了什么,我实在无法想象。

"嘿!你爱我吗?"

"当然。"

"想结婚吗?"

"现在,马上吗?"

"有一天……很久以后啊。"

"当然想结婚。"

"可是我不问你,你就从来也没提过。"

"忘记说了。"

"……你想要几个孩子?"

"3个。"

"男的?女的?"

"2个女的,1个男的。"

她用咖啡把嘴里的面包咽下去之后,一直注视我的脸。

"说谎!"

她说。

不过她错了。我只说了一个谎。

35

我们走进港口附近的一家餐厅,吃过简单的快餐之后就点了血腥玛丽和波本威士忌。

"想听真话吗?"

她这样问。

"去年,我解剖了牛噢。"

"真的?"

"肚子剖开来一看,胃里只剩下一团咀嚼过的草。我把那草装进塑料袋里带回家,放在桌子上。然后我每次有什么不高兴的事,就望着那团草这样想:为什么牛可以把这么难吃而凄惨的东西,一次又一次宝贝兮兮地反刍着吃呢?"

她稍微笑笑把嘴唇一撇,注视了我一下。

"我懂了,什么也不说了。"

我点点头。

"有一件事我想问你,可以吗?"

"请说。"

"人为什么要死?"

"因为在进化啊。因为个体无法承受进化的能量,所以必须用世代交替。当然,这只不过是一种说法而已。"

"现在也还在进化吗?"

"一点一点地。"

"为什么要进化呢?"

"这也有各种不同的意见。不过事实上是宇宙本身正在进化。不管这里面是不是有什么目标或意志介入,宇宙反正是在进化,而我们终究只是其中的一部分而已。"我放下威士忌杯子,点起香烟。

"那能量到底是从哪里来的,谁也不知道。"

"是吗?"

"是。"

她用指尖一圈又一圈地转动玻璃杯里的冰块,一面一直盯着白色的餐桌布。

"嘿!如果我死掉了,一百年后谁也不会记得我曾经存在吧?"

"大概吧。"我说。

听风的歌

　　走出餐厅,我们在亮丽得有点不可思议的黄昏,沿着安静的仓库街慢慢走。并肩走着时,便可以微微闻到她头发上润丝精的香气。吹动着柳叶的风,稍微让人感觉夏天快要过去了。走了不久之后,她用5根手指的那只手握住我的手。

"你什么时候回东京?"

"下星期吧,因为有考试。"

她默不作声。

"冬天还会再回来的,大概圣诞节前吧。12月24日是我的生日。"

她点点头,可是好像在想什么别的事情似的。

"那是山羊座啰?"

"对,你呢?"

"我也是。1月10日。"

"这星座好像有点吃亏噢,跟耶稣基督一样。"

"对呀。"

她这样说完又再握住我的手。

"你不在以后我可能会觉得很寂寞。"

"一定还会再见面的。"

她什么也不说。

仓库一间间都显得很旧,砖和砖之间紧紧粘贴着深绿色滑滑的青苔。又高又暗的窗子上镶着坚固的铁栏杆,每一扇又重又锈的门上都挂着各家贸易公司的名牌。可以清楚地感觉到海的香味的地方,仓库街就到底了。整排的柳树也像掉了牙齿般,到这里为止。我们于是穿过杂草蔓长的港湾铁路铁轨,在无人的防波堤边仓库的石阶上坐下来看海。

正前方造船公司的船坞,灯亮起来了。旁边一艘卸完货吃水线冒上来的希腊货船,像被遗弃了似的漂浮着。甲板上的白色油漆,被海风吹得露出红色铁锈,船的侧腹部就像病人的疮疤般长满密密麻麻的贝壳。

我们有很长一段时间,闭着嘴,只是一直望着海、天空和船。黄昏的风越过大海吹动野草时,夕暮慢慢转变成淡淡的夜色,几颗星星在船坞上方闪烁起来。

在长久的沉默之后,她左手握起拳头,在右手掌神经质地连敲了好几下,一直敲到红起来以后,才像泄了气似的盯着手心看。

"我讨厌每一个人。"

她忽然冒出这样一句。

"连我在内?"

"对不起。"她红着脸,好像恢复了平静似的,把手放回膝盖上。"你不是一个令人讨厌的人。"

"没那么严重对吗?"

她微微笑着点点头,然后用轻轻颤抖的手点起烟。烟乘着海面吹来的风,掠过她的头发边,消失在黑暗中。

"自己一个人安静不动的时候,就会听见很多人跟我说话……认识的人、不认识的人、爸爸、妈妈、学校老师,各式各样的人。"

我点点头。

"大多是讨厌的事,譬如你怎么不去死!不然就是一些脏话……"

"什么样的?"

"不想说。"

她把才抽了两口的烟用凉鞋踏熄,手指悄悄按住眼睛。

"你觉得我生病了吗?"

"怎么说好呢?"我表示不知道地摇摇头。

"如果不放心,还是让医生看看比较好。"

"不用啦,你不要担心。"

她点起第二根香烟,然后想笑却没有笑成。

"这种话你还是第一次说噢。"

我握住她的手,她的手一直在轻轻颤抖,手指跟手指之间湿湿的渗着冷汗。

"其实我真不想说谎的。"

"我知道。"

我们再度沉默下来,一面听着微细的波浪拍打防波堤的声音,一面一直沉默着。那几乎是想不起来有多长的时间。

当我注意到的时候,她已经在哭了。我用手指在她被眼泪濡湿的脸颊上抹过之后,搂住她的肩膀。

很久没有感觉到夏天的香气了。海潮的香、远处的汽笛、女孩子肌肤的触感、润丝精的柠檬香、黄昏的风、淡淡的希望,还有夏天的梦……

但这些简直就像没对准的描图纸一样,一切的一切都跟回不来的过去,一点一点地错开了。

36

花了30分钟走到她住的公寓。

因为是一个非常舒服的美好夜晚,而且在哭过以后,因此她兴致好得令人惊奇。回家的路上,我们走进好几家店里,买了一些不怎么有用的零碎东西。有草莓香味的牙膏啦,华丽的海滩毛巾啦,好几种丹麦制的益智玩具和6色圆珠笔,我们抱着这些东西走上斜坡路,偶尔停下来回头望望港口的方向。

"嘿!你车子还停在那里噢?"

"等一下再去开。"

"明天早上不行吗?"

"没关系呀。"

然后我们慢慢走完剩下的路。

"今天晚上不想一个人在家。"

她面向着马路上的铺石这样说。

我点点头。

"可是你就不能擦皮鞋了噢。"

"偶尔自己擦擦就算了。"

"自己会擦吗?"

"因为他是个一板一眼的人。"

安静的夜晚。

她慢慢翻身过来,鼻尖碰到我的右肩。

"好冷啊。"

"冷吗?有30度呢。"

"不晓得,好冷啊。"

我把丢在脚下的毛巾被拉起来,一直拉到肩头然后抱着她。她身体咯哒咯哒不停地抖。

"你不舒服吗?"

她轻轻摇摇头。

"好可怕噢。"

"什么东西?"

"什么都可怕,你不觉得吗?"

"一点都不可怕啊。"

她默不作声。就像要把我的答案的存在感,放在掌心上确认一下似的沉默。

"想跟我做爱吗?"

"嗯。"

"对不起,今天不行。"

我依然抱着她点点头。

"刚手术过。"

"孩子?"

"嗯。"

她绕到我背上的手力气缓和下来,用指尖在肩膀后面一次又一次画着小圈圈。

"好奇怪噢,什么都不记得了。"

"是吗?"

"我是指男方,我已经完全忘了,连脸都想不起来了。"

我用手掌摸摸她的头发。

"本来觉得可能会喜欢他的,虽然只是短短的一瞬间……你喜欢过什么人吗?"

"嗯。"

"还记得她的脸吗?"

我试着回想三个女孩子的脸,可是奇怪,没有一个能清楚地想起来。

"不记得。"我说。

"好奇怪噢,为什么?"

"大概这样比较轻松吧。"

她把脸颊靠在我赤裸的胸上,默默点了几次头。

"如果你无论如何还是想的话,可以用别的……"

"不,你不用担心。"

"真的?"

"嗯。"

她绕在我背后的手又再用力一次。我心窝附近感觉到她的乳房,忍不住好想喝啤酒。

"从好几年前开始,很多事情就不顺利了。"

"几年前?"

"12、13……我爸爸生病那年。那以前的事什么都不记得了。一直都碰到讨厌的事,头上老是吹着恶风。"

"风向也会改变的。"

"你真的这样想吗?"

"总有一天会。"

她沉默了一会儿。像沙漠般的沉默的干渴中,我的话转眼之间就被吸干,嘴里只剩下苦味而已。

"我也这样想过好几次,可是每次都不行。也想试着去喜欢别人,试着多忍耐一点,可是……"

我们除此之外什么也没再谈,只是互相拥抱着。她把头枕在我胸部,嘴唇轻轻贴在我的乳头,就那样像睡着了似的好久都没动。

好久,真的好久,她一直沉默着。我半迷糊地打着瞌睡,一面望着黑暗的天花板。

"妈……"

她好像在做梦,轻轻这样念着。她是睡着了。

37

嗨！您好吗？这里是N.E.B广播电台《热门歌曲电话点播》节目。又到了星期六晚上了。从现在开始的2小时，让我们来尽情听听好听的音乐。话说回来，夏天已经快要过去了，怎么样？这个夏天过得愉快吗？

今天在放唱片之前，我要先介绍一位听众的来信。让我念出来，是这样的一封信。

您好吗？

我每星期都愉快地收听这个节目。真快，今年秋天已经是我住院生活的第三年了。时间过得实在太快了。当然在冷暖气调节得很好的病房里，从窗口只能看到外面非常有限的景色，对我来说季节的变化并没有什么意义，不过一个季节过去，新的事物来临，依然是一件令人心跳兴奋的事。

听风的歌

  我今年17岁,这三年里书不能读,电视不能看,也不能去散步……连起床,甚至翻身都没办法地过着日子。这封信也是托一直在我身边照顾我的姐姐帮我写的。她为了照顾我的病,大学都退学了。不用说我非常感谢她。这三年里我躺在床上所学到的是:人不管从多么悲惨的事情都可以学到一点什么,因此才能继续活下去,哪怕多活一点也好。

  我的病听说是脊椎神经方面的病。虽然是非常麻烦的病,不过当然有复元的可能性,虽然只有3%……这是医生(一位很有魅力的人)告诉我的同类病友的数字。根据他的说法,这个数字,比起一个新人投手以巨人队为对象,打出无安打无得分(no-hit no-run)要简单一些,不过比完封稍微难一点的程度。

  有时候想到如果不行的话真恐怖。恐怖得想喊出来。一辈子就这样像石头般躺在床上,瞪着天花板,既不能读书,也不能在风中散步,没有一个人会爱我,拖个几十年在这里老去,然后悄悄地死去吗?想到这里就伤心得不得了。半夜3点左右醒过来,常常会觉得听见自己脊椎骨一点一点融化掉的声音,而或许实际上正是这样。

  好了,不再提这些令人讨厌的事了。而且就像姐姐一天要对我说上不止几百遍的话那样,要试着努力只想好的事情。然后晚上一定要好好睡，因为讨厌的事多半是在半夜想到的。

从医院的窗子看得见港口。我每天早晨都想象如果我能从床上起来，走到港口，把海的香气吸满整个胸膛，那该有多好……如果可能的话，就算只有一次也好，或许我就会明白，为什么世界是被造成这个样子的。我这样觉得。而且如果能稍微了解这点的话，或许这样躺在床上过一辈子，也就能够忍受了。

祝您健康。再见！

没有写名字。

我收到这封信是昨天3点多。我一面坐在电台茶水间里喝咖啡一面看信，傍晚工作完毕我走到港口，试着眺望山的方向。如果你的病房可以看到港口的话，从港口也应该看得见你的病房才对。山那边实在看得见很多灯，当然我不知道哪一盏灯才是你病房的灯，有些是穷人家的灯，有些是大宅院的灯，有些是旅馆的，也有学校的，也有公司的。真是有各式各样的人各自不同地活着，我这样想。这是我第一次这样觉得，想到这里，眼泪忽然掉下来。实在很久没有哭了。不过，你听着噢！我并不是因为同情你而哭的，我想说的是这句话，我只说一次请好好听噢！

听风的歌

　　我、爱、你们。

　　再过10年,如果还记得这个节目或我所放的唱片,还有我这个人的话,请记得我现在说的这句话。

　　我现在放她点的曲子。埃尔维斯·普雷斯利的《Good Luck Charm》。这曲子放完以后的1小时50分钟,还是回到平常一样的狗相声师。

　　感谢您的收听。

38

要回东京的那天傍晚,我提着皮箱到"杰氏酒吧"打声招呼。虽然还没开店,不过杰还是让我进去,还把啤酒拿出来。

"今天晚上我就搭巴士回去了。"

杰一面削着马铃薯皮准备炸薯条,一面连连点头。

"你不在了会很寂寞,猴子的最佳拍档解散了。"杰指着挂在吧台上方的版画这样说,"老鼠一定也觉得没伴了。"

"嗯。"

"东京很愉快吧。"

"哪里还不是一样。"

"说的也是。自从东京奥运那年以来,我一次都没有离开这个小城。"

"喜欢这个城市吗?"

"你也说了,哪里还不是一样。"

"嗯。"

"不过再过几年想回中国去一趟。虽然我一次也没去过……可是每次到港口看见船就会这样想。"

"我叔叔是死在中国的。"

"哦……死掉各式各样的人啊,不过大家都是兄弟。"

杰请我喝了几瓶啤酒,还把刚炸好的薯条装在塑料袋里让我带走。

"谢谢!"

"不客气,小意思。……不过,你们一下子都长大了啊。第一次看见你的时候,还是高中生呢。"

我笑着点点头。说道:再见!

"好好保重噢。"杰说。

8月26日,店里的日历下面写着这样一句格言:

"慷慨付出的人,经常会有所得。"

我买了夜班巴士的票,坐在候车室的椅子上一直望着街上的灯火。随着夜渐深,灯开始陆续熄灭,最后只剩下路灯和霓虹灯。远处的汽笛声带来轻微的海风。

巴士的入口有两位查票员站在两边检查车票和座位号码。我把票递过去，其中一位就说"21号的China"。

"China？"

"对，21号的C席，第一个字母啊。A是America，B是Brazil，C是China，D是Denmark。免得有人听错了麻烦。"

说着指一指正在查座位表的同伴。我点点头上了巴士，在21号的C席坐下，吃起还热热的炸薯条。

一切都会过去，谁也没办法捉住。

我们就是这样活着的。

39

到这里为止,我要说的事情都说完了,不过当然还有后日谈。

我29岁,老鼠30岁。颇有一点岁数了。"杰氏酒吧"在道路拓宽的时候改建过,变成一家颇雅致的店,虽然这么说,杰依然还是每天削一篮子的马铃薯,嘴里一面念着常客还是以前的好,一面继续喝着啤酒。

我已经结了婚,住在东京。

每逢萨姆·佩金帕的电影上映时,我跟我太太就去看电影。看完就到日比谷公园每人各喝两瓶啤酒,撒一些爆米花给鸽子吃。萨姆·佩金帕的电影里,我最喜欢《惊天动地抢人头》,她却说《大车队》最棒。佩金帕以外的电影,我喜欢《灰烬与钻石》,她则喜欢《魔鬼与修女》。长久住在一起,也许连兴趣都会像起来。

幸福吗?如果有人这样问起,我只能回答:大概吧。所谓梦,结果就是这么回事。

老鼠还在继续写小说。他每年圣诞节都会寄其中几篇的复印件来。去年写的是一个在精神病医院餐厅做事的厨子,前年写的是以《卡拉马佐夫兄弟》为底子的滑稽乐队故事。他的小说仍然和以前一样没有做爱场面,出场人物一个也没有死。

稿纸的第一页每次都一样写着:

"Happy Birthday

还有,

White Christmas。"

因为我的生日是12月24日。

左手只有4根手指的女孩子,我再也没有见过。冬天我回到那里时,她已经辞去唱片行的工作,公寓也退租了。而且在人的洪水和时间之流中不留一点痕迹地消失了。

夏天我再回去时,总是会去曾经跟她一起走过的同一条路走一走,坐在仓库的石阶一个人看海。想哭的时候,眼泪总是流不出来。就是这样。

《加州女孩》的唱片,还在我唱片架的角落里。每到夏天我就会把它抽出来听好几遍。然后一面想着加州的事一面喝啤酒。

唱片架旁边有一张桌子,上面挂着一团干得像木乃伊似的草块,是从牛的胃袋取出来的草。

死去的法文系女孩的照片在搬家时掉了。

海滩男孩好久没消息,最近又出了新唱片专辑。

但愿漂亮的女孩子,

全都是加州女孩……

40

最后再谈一次关于戴立克·哈德费尔。

哈德费尔1909年生于俄亥俄州的一个小镇，在那里长大。父亲是一个沉默寡言的电信技师，母亲是一个很会看星相和做饼干的略胖妇人。内向的哈德费尔少年时期一个朋友也没有，一有空闲就猛看漫画书和廉价杂志，吃妈妈做的饼干，就这样读到高中毕业。毕业后，在镇上的邮局上了一阵子班，没多久就开始相信自己该走的路除了做一个小说家之外别无选择。

他的第五个短篇作品卖给《Weird Tales》杂志是在1930年，稿费20块美金。接下来的一年里，他每个月写稿7万字，再过一年速度提高到10万字，到死的前一年更已经达到15万字。雷明顿牌打字机每半年就新买一台。曾经留下这样的传说。

他的小说多半是一些冒险小说和奇幻小说。这两者合而为一的《冒险儿瓦特》系列，成为他最热门的大作，总共达42篇之多。在那里面瓦特死了3次,杀了5千个敌人,连火星人的女人在内一共交了375个女人。其中有几篇我们可以读到翻译版本。

　　哈德费尔实在憎恨很多东西。邮局、高中、出版社、红萝卜、女人、狗……要算起来简直没完没了。可是他喜欢的东西只有三样:枪、猫和母亲烤的饼干。他所收藏的枪,除了派拉蒙片厂和FBI研究所之外,是全美国最接近完整无缺的,除了高射炮和对战车炮以外一应俱全。其中他最引以自豪的一件是枪把上镶着珍珠的.38口径的左轮手枪。里面只装一颗子弹,他的口头禅是"我有一天会用这个让自己轮转"。

　　可是1938年他母亲死的时候,他却特地跑到纽约,爬上帝国大厦,从屋顶跳下,像青蛙般摔得扁扁的。

　　他的墓碑上根据遗言,引用了尼采如下的一句话:

"白昼的光,如何能够了解夜晚黑暗的深度?"

哈德费尔又记……（代替后记）

虽然我还不至于打算说如果没有遇见哈德费尔这样的作家，我可能就不会写什么小说，不过，我所走的道路会和现在截然不同，却可以确定。

高中时候，我曾经在神户的旧书店里买过可能是外国船员留下的哈德费尔的平装书，一次买了好几本，一本50圆。如果不是书店的话，那东西实在很难让人相信是书。看来相当豪华的封面几乎快撕破脱落了，一页页纸张已经变成橘红色。很可能就放在货船或驱逐舰的下级船员床上渡过太平洋，并从时光的遥远彼方来到我的书桌上。

*

几年后，我到了美国。只够寻访哈德费尔坟墓的短暂旅程。坟墓所在地，是一位热心的（也是唯一的）哈德费尔研究家托马斯·马克留氏写信告诉我的。他写道："就像高跟鞋的鞋跟一样小的坟墓，希望你不要看漏了。"

听风的歌

我从纽约坐上巨大棺材般的灰狗巴士,到达俄亥俄州那个小镇时是清晨7点。除了我以外,没有一个乘客在那个小镇下车。越过镇外那片草原的地方就是墓地,比小镇还要宽阔的墓地。几只云雀在我头上一圈一圈画着圆圈,一面唱着飞翔之歌。

我足足花了一个小时才找到哈德费尔的坟墓。献上在周围的草原采来的满是尘土的野玫瑰之后,我在墓前双手合十,再坐下来抽烟。五月柔和的阳光下,生和死似乎都令人感觉同样安详。我抬起头闭上眼睛,一连几个钟头继续听着云雀的歌。

这本小说是从那种地方开始的。至于绕到什么地方了我也不知道。"比起宇宙的复杂度来,我们这个世界简直像蚯蚓的脑浆一样。"哈德费尔这样说。

我也希望是这样。

*

已经到最后了,有关哈德费尔的记事,引用了几处前述马克留氏的力作《不孕众星的传说》(*Thomas McClure; The Legend of the Sterile Star*s, 1968)。特此致谢。

一九七九年五月

村上春树